KB126666

# 그럼에도 삶은 나아간다

어둠 속에서도 빛나는 삶의 순간들

# 그럼에도 삶은 나아간다

초판 1쇄 발행 | 2021년 6월 21일

지은이 | 김선규
펴낸이 | 황영호
경영지원 | 이준만
책임편집 | 박상두
편집 | 한일봉, 이윤우
디자인 | 진혜리
제작 | 이남우
마케팅 | 고정란, 이현숙, 오은숙

펴낸곳 | 차분한출판서비스(주)
주소 | 13587 경기도 성남시 분당구 불정로 376번길 7, 4층
등록 | 제2021-000054
전화 | 031-704-7490
팩스 | 02-6488-9898
이메일 | whatiwant@hanmail.net

ⓒ 김선규, 2021

값 | 14,800원
ISBN | 979-11-974815-0-5  03810

# 그럼에도 삶은 나아간다

천문학

# 절망이든 희망이든 삶은 나아간다

오래전 풍경 하나가 마음속으로 걸어옵니다.

폭우가 쏟아지는 도로 한복판에서 한 청년이 비를 맞으며 꽉 막힌 자동차들 사이를 누비고 있습니다. 팔에는 한아름 꽃다발이 들려 있습니다. 거리가 가까워지면서 비에 흠뻑 젖은 그와 눈이 마주쳤습니다. 남루한 차림이지만 꽃을 팔면서 활짝 웃고 있는 모습이 너무도 해맑고 아름다웠습니다. 그 청년이 제 마음속에 씨앗 하나를 심어주었습니다. 그때부터였습니다. 힘든 상황에서도 묵묵히 견뎌내며 환히 웃는 사람들이 눈에 들어오기 시작했습니다.

2020년 봄의 길목에서 우리는 이제껏 경험해보지 못한 팬데믹 상황을 맞았습니다. 유채꽃밭이 갈아엎어지고 벚꽃축제 같은 대부분의 행사도 취소되었습니다. 설렘으로 가득할 학교는 문이 굳게 닫혔고 극장과 경기장도 텅텅 비었습니다. 고용, 산업 현장의 붕괴와 함께 사람들의 희망도 무너져내렸습니다.

그러던 어느 날, 명동성당에서 간절히 기도하고 있는 한 아주머니를 만날 수 있었습니다. 한국 천주교 역사상 236년 만에 미사가 중단된 날이었습니다. 어둡고 무거운 정적이 흐르는 성당 안으로 스테인드글라스를 통해 한줄기 빛이 쏟아져 들어왔습니다. 그 광경을 물끄러미 바라보면서 제 마음속의 씨앗이 꿈틀거리는 것을 느꼈습니다. '어둠은 결코 빛을 이길 수 없고, 절망 속에는 반드시 희망이 있다.'

그때부터 코로나19로 먹구름이 드리운 사회 곳곳에서 절망을 딛고 희망을 싹틔우는 사람들을 만나기 시작했습니다.

방역의 최전선인 선별진료소에서 코로나와 힘겨운 싸움을 벌이고 있는 간호사를 만나 우리 사회가 수많은 사람들의 헌신과 봉사로 지탱되고 있음을 알았습니다. 면접 보는 것이 소원이라는 취준생들을 만나 그들의 불안과 희망에 공감했고, 하루 종일 파리만 날리는 가운데서도 유머를 잃지 않는 남대문 노점상의 미소를 보면서 유머는 어떤 상황에서도 힘이 세다는 것도 알았습니다. 자신이 살아온 이야기를 담담히 들려주는 그들에게 귀 기울이면서 마음의 위안을 받았고, 때로는 그들의 아픈 사연에 가슴이 먹먹해지기도 했습니다.

세상에는 참 다양한 삶이 있습니다. 그들 모두는 기쁘면 기쁜 대로, 슬프면 슬픈 대로 각자의 자리에서 최선을 다해 살아갑니다. 절망이든 희망이든 어떤 상황에서도 삶은 그렇게 묵묵히 앞으로 나아갑니다.

그들의 삶을 통해 '일상은 힘겨울지라도 삶은 위대하고 아름답다'는 사실을 깨달을 수 있었습니다. 삶의 큰 의미를 깨닫게 해주신 소중한 인연에 진심으로 감사드립니다.

김선규

차
례

머리말　　절망이든 희망이든 삶은 나아간다　　5


1막

# 당신은 지극한 사랑입니다

꽃으로 전하는 위로　　　　　　　　　　　　14

축복은 어둠 끝에서 쏟아진다　　　　　　　　18

발들의 속삭임　　　　　　　　　　　　　　22

아빠, 달고나 냄새 나　　　　　　　　　　　26

하늘은 참 공평한 것 같아요　　　　　　　　30

엄마 마음, 자식 마음　　　　　　　　　　　34

사랑의 썰매　　　　　　　　　　　　　　　38

칙칙폭폭! 썸 타는 청춘이 달린다　　　　　　44

어여 이리와. 몸 좀 노게　　　　　　　　　　50

2막

# 어느 날, 당신이 내게로 왔습니다

꽃과 나무와 같은 삶      58

풀꽃을 사랑한 스턴트맨      62

마구 가슴이 뛰는 기라예      66

인생의 가을을 연주하다      72

넌 어느 별에서 왔니?      76

버림받은 기억의 치유      80

살아갈 힘을 주는 나만의 기쁨      84

산에서 찾은 행복의 비밀      88

빛이 없을 때 보이는 것들      92

3막

## 고마운 당신, 그립습니다

엄마의 미소 닮은 '하얀 향기'          100
바람에 실려온 '아버지의 숨결'         104
이러~ 이러~, 소와 한 몸 되어          110
청보리들의 응원                       114
삶을 건져올리는 소리 '휘호이'          118
어떤 복을 받고 싶으세요?              124
섶다리의 추억                         130


4막

## 소망합니다, 당신을 위해

할 수 있는 게 기도밖에 없어요         138
정성이 부족해 우짠디요                142
솟대가 전하는 말                      146
해바라기처럼 살고 싶어요               150
창공에서 보내는 힘찬 응원              154
세상의 천사들                         158

마음을 잇는 손길      164

연탄이 되어버린 사람들      168

세상을 환히 밝히는 민들레처럼      172

만나면 꼭 안아줄 거예요      176

5막

## 사는 게 뭐냐면 그냥 웃지요

'남대문 콩글리시'는 내가 최고      184

푸른 눈의 신사가 연주하는 '작은 위로'      188

쇠파이프들이 만든 작은 우주      192

'빵' 터진 웃음꽃      196

그래도 살아야지예      200

1을 넣으면 10이 나와요      204

희망을 전하는 '꽃들의 합창'      208

삶은 계속된다      212

100년의 미소      216

맺는말      자작나무숲에서      222

1막

# 당신은
# 지극한 사랑입니다

# 꽃으로 전하는 위로

손녀한테

매화 향기

보내주려고….

문득 차창 밖의 노란빛 한 점이 눈에 들어왔다.

산수유가 꽃을 피웠다. 하루하루 안타깝고 숨 막히는 일상 속에서 어느덧 무심한 봄이 우리 곁에 성큼 다가왔다.

서울에서 매화가 제일 먼저 핀다는 강남 봉은사를 찾았다. 사찰 입구부터 그윽한 향이 느껴진다. 무거운 일상에 가려 잊고 지내던 아득한 향기다. 오랜 벗을 만난 듯 반갑다.

"손녀딸이 대학에 합격했는데, 아직 학교에 못 가고 있어…."

손녀에게 매화 향기를 보내려 한다며 백발의 노신사가 꽃들을 스마트폰에 정성껏 담고 있다.

"얼마나 설레고 기대가 컸겠어. 위로가 되었으면 좋겠어."

여든한 살의 황기인 어르신은 코로나19로 6·25 이후 가장 어려운 시기를 겪는 것 같아 안타깝다고 했다.

"어제가 마누라 팔순인데 애들보고 오지 말라고 했어."

당분간 보고 싶어도 참아야 한다면서도 매화를 사진에 담는 어른신의 표정이 사뭇 밝다. 매화 사진을 보고 좋아할 손녀의 모습을 그리고 있을 것이다. 모질고 긴 겨울을 견디고 피어난 매화꽃의 희망을 전해주고 싶었으리라.

꽃망울을 터트린 매화꽃들이 활짝 웃고 있다. 답답했던 내 마음속에도 매화향이 가득 퍼진다. ✻

# 축복은 어둠 끝에서 쏟아진다

끝이 보이지 않는 터널…

그 끝에서

축복처럼 봄볕이 쏟아졌다.

"조심하세요. 어두우니 선글라스를 벗으세요."

기차가 멈춘 폐철로를 따라 팔당호를 감싸고 돌아가는 한강나룻길에서 터널을 만났다. 스피커에서 반복적으로 들려오는 기계음에 여유롭던 걸음이 머뭇거려진다.

겨울잠에서 깨어나 서로를 껴안고 봄볕을 즐기던 산과 강이 일순간에 어둠 속으로 사라진다. 희미한 점멸등이 그 자리를 대신해 깜박이고 있다. 다시 겨울로 돌아간 듯 공기마저 차고 무겁다.

곡선으로 이어진 터널은 끝이 보이지 않아 더 길게 느껴진다. 어둠 속에서는 다가오는 모든 것들이 위협적이다. 언제 나타났는지 헬멧으로 무장한 한 무리의 자전거 행렬이 어둠을 가르며 순식간에 사라진다. 온몸이 긴장되고 마음마저 움츠러든다. 하루하루를 불안과 초조함으로 살아가는 우리네 삶도 끝이 보이지 않는 긴 터널을 지나고 있을 것이다.

얼마쯤 왔을까. 아이들 재잘거리는 소리가 들려온다. 자세히 보니 멈춰 선 자전거 트레일러에 아이들이 타고 있다. 어둠 속에서도 표정은 신났다. 민준(5)이와 리하(4)는 한 달 넘게 어린이집에 못 가고 집에 갇혀 지냈다고 한다.

"아이들이 맘 편히 뛰어놀지 못해 늘 미안했어요."

은행원인 아빠는 사회적 거리두기 때문에 평일에 휴가를 내어 이곳을 찾았다.

"참 좋아하네요. 하루빨리 아이들이 맘 놓고 뛰놀 수 있었으면 좋겠어요."


민준이 아빠는 다시 자전거에 올라 힘차게 페달을 밟았다. 어둠 속을 헤쳐나가는 가족의 모습이 아름답다. 함께 있기에 그들은 어떤 어려움도 이겨낼 수 있으리라.

그들을 따라 내 발걸음도 가벼워졌다. 어느새 터널 끝을 지나는 민준이네 가족 위로 봄볕이 축복처럼 쏟아졌다. *

# 발들의 속삭임

발들이 속삭였다.

함께여서 행복했다고.

조심스레 발을 내딛는다.

신발에 갇혀 잠자고 있던 감각이 일제히 깨어나는 듯 온 신경이 발 아래로 쏠린다. 물기를 머금은 황토가 반죽이 잘된 밀가루처럼 부드럽다. 서늘하고 미끄러운 감촉이 감싸자 발이 자유를 얻었다. 여기는 맨발이 더 자연스러운 대전의 계족산 황톳길이다.

"아빠, 흙이 자꾸 방귀를 뀌어~."

재인(6)이가 형 재이(8)와 신나게 흙을 밟고 있다. 아이들이 발을 옮길 때마다 황토가 발가락 사이를 비집고 나오며 찌걱찌걱 소리를 낸다. 재인이에게는 이 소리가 흙이 방귀 뀌는 소리로 들렸나 보다.

"처음에는 엄청 간지러웠어요. 그런데 점점 좋아졌어요."

올해 초등학교에 입학한 재이가 제법 의젓하게 흙 밟은 소감을 말한다. 아직 학교에 가지 못하고 있는데 친구들을 빨리 보고 싶단다.

"가족이 더 끈끈해진 느낌이에요."

경기 남양주에서 온 임원묵(38) 씨는 아이들과 함께 지내는 시간이 꿈만 같다. 30대 초반, 회사 일로 바쁘게 살다 보니 아이들이 어떻게 컸는지도 몰랐는데, 요즘에는 아이들과 함께 있는 시간이 많아졌다. 지난겨울에 아기가 태어나 육아휴직을 했는데 코로나 때문에 계속 재택근무를 하게 되었다. 그 덕분에 아기가 엄마보다 아빠를 먼저 불렀고 첫걸음도 직접 볼 수 있었다.

발을 씻고 지나온 길을 돌아보니 수많은 발 모양이 황톳길 위에 새겨졌다. 엄마 발, 아빠 발, 아이 발, 할아버지 발, 할머니 발, 친구들과 재잘거리며 걸었던 발까지 무수한 사연들이 황톳길 위에 오롯이 남겨졌다.

길 위에 새겨진 발들이 속삭인다. 함께해서 행복했다고, 함께여서 힘이 되었다고… *

# 아빠, 달고나 냄새 나

가족의 정겨운 웃음소리에

외로운 나무도

덩달아 신이 났다.

장맛비가 그쳤다.

신기록도 갈아치울 만큼 긴 장마 끝에 갠 하늘은 맑고 푸르고 습하다. 수재민들은 무너진 보금자리를 복구하고 쓰러진 농작물을 일으켜 세우느라 구슬땀을 흘리고 있다. 삶은 그렇게 절망이든 희망이든 어떤 상황에서도 묵묵히 앞으로 나아간다.

경기 연천의 수해 현장을 지나 임진강 변을 달리다가 언덕 위에 외롭게 서 있는 나무 한 그루가 나의 눈길을 붙잡았다. 허리에서 몸을 뒤틀어 하늘을 향해 서 있는 모습이 의연하다. 하늘의 뭉게구름과 함께 나무를 사진에 담고 있는데 떠들썩한 소리가 고요한 풍경의 정적을 깨웠다.

"아빠, 달고나 냄새가 나."

앞서가던 민준(9)이가 뒤따라오는 가족을 향해 소리친다. 아빠 박정호(43) 씨가 방아깨비를 잡고 있던 아이들 손을 이끌고 형에게 다가간다. 보라색 칡꽃이 만발했다.

분당에 거주하는 박 씨는 가족들과 휴가를 즐기는 중이다. 3년 전부터 맞벌이인 박 씨 부부를 도와 세 아이를 돌봐주시는 장모님을 모시고 한적한 곳으로 여행을 왔다.

막내를 목말 태운 아빠가 언덕 위를 경중경중 걸어다닌다. 막내는 하늘 위를 두둥실 떠다니는 것처럼 기뻐 어쩔 줄 모른다. 형들도 서로 태워달라며 아빠를 잡으러 깡충깡충 뛰어다닌다. 그 모습을 바라보던 엄마와 할머니가 손을 흔든다. 외롭게 서 있던 팽나무도 덩달아 신이 났다.


가족을 배웅하고 나무 계단을 통해 고구려 때 만들어진 당포성에 올랐다. 아래로 임진강이 굽이쳐 흐르고 저 멀리 감악산이 손에 잡힐 듯 가까이 보인다.

유유히 흘러가는 강물을 바라보며 수해로 애태우고 코로나 재확산으로 조마조마했던 마음을 실어 보낸다. 천년의 세월에 견주어보면 지금 우리가 겪고 있는 시련 또한 한낱 스쳐 지나가는 바람이리라.

바람을 타고 온 달콤한 칡꽃 향기가 말한다.

'이 또한 지나가리라.'*

# 하늘은 참 공평한 것 같아요

힘겨운 날들도 있지만

새로운 꿈들을 위해

바람이 불어오는 곳

그곳으로 가네

-김광석, '바람이 불어오는 곳' 중에서

구름이 낮게 내려앉았다. 구름들 사이로 보이는 하늘이 맑고 시리다.

길고 긴 장마에 몸과 마음이 눅눅해진 사람들이 일산의 호수공원으로 나왔다. 간만에 보는 햇살에 가벼운 공기를 즐기며 느리게 걷는 사람들의 모습이 평화롭다. 나도 아내와 함께 산책길에 나섰다.

잔잔한 물결이 일면서 호수에 드리워진 구름도 두둥실 떠다닌다. 물과 사랑에 빠진 애수교(愛水橋)에 서니 어른 팔뚝만 한 잉어들이 물 밖으로 입을 내밀며 반갑게 인사한다.

호수교 밑의 바람이 상쾌하다. 더위에 지친 사람들이 평상에 자리를 잡았다. '바람이 불어오는 곳'(김광석)이란 노래를 흥얼거리며 다리 밑을 지나니 어느덧 서쪽으로 기우는 해가 오렌지색을 품은 구름 사이로 황홀한 기운을 내뿜고 있다.

그동안 거센 집값의 광풍에 마음이 불편했었다. 아이들을 키우며 나름 열심히 살았는데 자꾸만 삶에서 뒤처지는 느낌이었다.

"하늘은 참 공평한 것 같아. 누구나 똑같이 즐길 수 있으니…."

가던 길을 멈추고 아름다운 노을에 감탄하며 중얼거리는 아내의 말이 묘한 위로를 준다.

허한 가슴에 노을빛이 채워지며 작은 기쁨이 솟아난다.

앞서 걷던 중년의 부부도, 유모차를 끌고 아기와 함께 가던 엄마도 이 순간, 모두 같은 마음일 것이다.

장마와 무더위를 밀어내고 우리에게 찾아온 아름다운 햇살과 부드러운 바람에 황홀한 일몰까지 '여름이 준 선물'에 마음이 한없이 평화로워진다. *

# 엄마 마음, 자식 마음

내 손으로 해주고 싶어.

목숨이 붙어 있는 한….

'저리도 좋으실까?'

밭에서 일하시던 어머니가 아들을 보자 반갑게 맞아주신다.

넘어져 발을 다치셨다는 말을 듣고 근심스러운 마음에 시골집으로 내려갔다. 어머니는 오른쪽 발목에 깁스를 하고도 수확을 기다리는 무와 함께 춤이라도 추실 기세다.


해마다 찬바람이 불기 시작하면 어머니는 걱정이 하나 늘어난다. 김장 때문이다.

집안의 연례행사 중 김장은 상위권에 속하는 중요한 행사다. 날짜가 정해지면 그날은 애와 어른 할 것 없이 가족들이 총동원되어 시골집에서 김장을 했다.

가족들에게 김장은 단순히 김치를 담그는 이상의 의미가 있었다. 자식들에게는 추석 이후 모두가 한자리에 모이는 계기가 되었고, 어머니에게는 당신이 애써 지은 농사로 자식과 이웃에게 김장김치를 나눠줄 수 있는 보람된 순간이었다.


김장은 담그는 과정 하나하나가 간단치 않다. 전날부터 배추와 무를 뽑아 씻고, 소금에 절이고, 밤새 무채를 썰어야 한다. 갖은 양념을 준비하는 것도 손이 많이 가는 일이다.

아버지가 돌아가신 후 김장을 그만하자는 자식들의 만류에도 불구하고 어머니는 여든을 넘기시고도 고집스럽게 김장을 이어가셨다. 고심 끝에 '이벤트'를 준비했다. 작년 이맘때쯤, 김장을 마치고 자식들이 꽃다발과 감사패를 준비하여 어머니에게 '김장 은퇴식'을 열어드렸다. 평생 가족을 위해 김장을 하느라 애쓰신 어머니의 노고에 감사하며 이제는 그만 편히 쉬시라는 의미의 이벤트였다.

그러나 올해도 어머니는 어느새 시골집 밭에 배추랑 무를 심어 놓으셨다. 어머니의 '김장 사랑'은 아무도 못 말린다.


"목숨이 붙어 있는 한 내 손으로 김치를 담가주고 싶어…."

깁스한 다리를 쭉 뻗은 채 무채를 써시던 어머니가 나직이 말씀하신다.

기력이 날로 쇠약해지신 어머니가 걱정되어 김장을 말렸지만, 한편으로는 '엄마표 김치를 못 먹겠구나' 하는 아쉬움도 컸었다. '저도 어머니 김치 오래오래 먹고 싶어요'라는 말이 목구멍까지 올라왔다가 울컥하는 마음에 목이 멨다. 어머니의 노고와 정성으로 버무려진 엄마표 김치는 힘들고 흔들릴 때마다 나를 붙잡아준 삶의 버팀목이었다.

말없이 어머니의 손을 꼭 잡자 거북등처럼 거칠어진 손등 위로 따뜻한 온기가 전해온다. ✽

# 사랑의 썰매

어떤 험한 길도

헤쳐나갈 수 있어요.

가족이라는

든든한 울타리가 있으니….

꽁꽁 언 논바닥에 환호성이 터진다.

할아버지가 어린 손자를 썰매에 태워 빙판을 달리고, 젊은 아빠는 아들과 함께 호흡을 맞추며 얼음을 지친다. 사람은 많지 않지만 만국기가 휘날리는 얼음판의 열기는 뜨겁기만 하다. 꽁꽁 싸맨 몸에선 김이 모락모락 피어오르고 마스크 밖으로 울려 퍼지는 웃음소리가 경쾌하다. 경기 양평의 강상초등학교 앞에서 만난 논 썰매장 풍경이다.


"삼시 세끼 아이들 밥해 먹인 보람이 있네요. 호호호."

어린 두 딸이 밀어주는 썰매를 탄 엄마는 마냥 신이 났다. 작은 의자 2개를 이어 만든 썰매에 앉은 이 순간, 엄마는 세상을 다 가진 듯하다.

처음에는 엄마가 아이 둘을 태우고 열심히 밀어주었다. 그렇게 몇 바퀴를 돌고 나니 다리에 힘이 풀리고 숨이 찼다. 힘들어하는 엄마를 본 려은(10)과 하은(8)이가 이번에는 엄마를 썰매에 태워 힘껏 밀어주고 있다.

"순간 울컥했어요."

아이들과 1년 내내 집 안에서 '지지고 볶으니' 서로 예민해지고 힘이 들었다. 코로나의 여파로 남편은 더 많은 일을 해야 했고, 자신은 하루 종일 아이들을 돌봐야 했기에 순간순간 우울할 때가 있었다.

돌이켜보면 전에는 아이들도 학원에 다니고 각자의 일로 바쁜 나머지 서로에게 관심을 가질 시간이 부족했다. 그러다가 코로나 덕분(?)에 가족이 함께 보내는 시간이 늘면서 관심을 기울이고 서로의 감정도 들여다보게 되었다. 아이들을 챙겨서 외출하는 것이 쉬운 일은 아니지만 아이들과 함께하는 지금 이 순간이 너무 행복하다.

"아빠, 달려요 달려!"

현택(7)이가 아빠와 썰매를 타면서 힘껏 소리친다. 올겨울 들어서 처음 나온 가족 나들이다. 처음에는 아이만 밀어주던 아빠가 함께 썰매에 올라타더니 아이보다 더 즐거워한다.

지친 동심을 달래주러 나온 어른들의 환호성이 여기저기서 이어진다. 그동안 어쩔 수 없이 '집콕' 하면서 힘겹고 짜증도 났지만 가족이라는 든든한 울타리가 있어 어렵고 험한 길도 헤쳐나올 수 있었다.

'엄마 한숨을 잠자고 아빠 주름살 펴져라~'

동요 '짝짜꿍'이 썰매장에 힘차게 울려 퍼진다. *

# 칙칙폭폭!
# 썸 타는 청춘이 달린다

세상에서
_____
제일 좋은 친구는
_____
누구일까?

칙칙폭폭 칙칙폭폭.

금방이라도 경적을 울리며 기차가 달려올 것만 같다.

팍팍한 일상을 뒤로하고 자연으로 나온 사람들이 저마다의 걸음걸이로 철길을 걷고 있다. 가을 햇살에 반짝이는 레일을 따라 걷는 것만으로도 기차를 타고 여행을 떠나는 것처럼 가슴이 설렌다. 서울의 서쪽 끝자락에 있는 구로구 항동 기찻길이다. 산업화가 한창인 1959년에 준공되어 50년 넘게 산업화를 위해 그 소임을 다하고 지금은 시민들의 산책로가 되었다.

"데이트 장소로 야외 공원을 많이 찾아요."

김현빈(38) 씨와 새리(29) 씨가 시원하게 뻗은 레일 위를 손을 잡고 걷고 있다. 어학원에서 강사와 수강생으로 만나 3개월째 소위 '썸'을 타고 있다. 탁 트인 자연을 찾아 데이트를 하다 보니 적지 않은 나이 차이에도 불구하고 더욱 가까워지는 느낌이 든다. 한가롭게 거니는 연인들의 뒷모습을 보는 것만으로도 마음이 절로 흐뭇해진다.

젊은 연인들이 걸어간 그 철길 위를 이창렬(63) 부부가 두 손을 꼭 잡고 걸어간다. 개인 사업과 택시 운전을 하면서 33년간 소처럼 일하며 아이들을 키웠다. 하지만 살 만하다 싶으니 병이 생겼다. 건강을 회복하기 위해 매일 아내와 1만 5,000보를 걷고 있다. 늘 손을 잡고 걸으니 동네 사람들이 불륜으로 오해하기도 했단다. 살아보니 마누라가 제일 좋은 친구라며 아내의 손을 꼭 쥐고 미소를 짓는다.

'8살 첫 등교날', '17살 두근대던 첫사랑', '31살 엄마 아빠가 되다' ….

침목 위에 철판으로 새겨진 글씨들 앞에서 발길이 머문다. 살아오면서 설렘과 두려움 그리고 가슴 뭉클하던 순간들이 얼마나 많았던가. 그들이 남긴 글들이 소중했던 추억들을 하나둘 떠오르게 한다.

저마다 인생이라는 레일 위에 다양한 빛깔과 모습으로 어우러져 걸어가는 사람들의 모습이 늦가을 풍경으로 아름답게 물들고 있다. *

# 어여 이리와. 몸 좀 노게

오래전 별이 되신

할머니의 따뜻한 시선과 손길이

그립다.

"덕구야, 날이 찬데 어디 쏘댕기다 왔어."

"…."

"어쿠야, 몸 젖은 거 봐라. 눈밭을 뒹굴다 왔구나야."

"…."

"고뿔 걸리면 약도 없응게. 어여 이리와. 몸 좀 노게."

"…."


산이 깊어 강원도에서도 가장 늦게 봄이 찾아온다는 정선군 남면 광덕리. 봄이 오는 길목에 겨울의 흔적이 고스란히 남아 있다.

산이 높아 앞산과 뒷산을 이어 빨랫줄을 건다는 두메산골 외딴 농가에 정겨운 풍경 하나가 눈에 들어온다. 가마솥에 불을 지피시던 할머니가 천방지축 눈밭에서 뛰놀던 덕구를 불 가까이 오게 한다. 할머니의 말에 아무런 대꾸도 없는 덕구지만 따뜻한 시선과 손길에 숨결이 부드러워진다.

아름다움은 모두 과거에 존재한다고 했던가. 덕구와 할머니의 평화로운 모습에 가난하고 힘들었던 유년의 기억이 미소 지으며 다가온다.

서울의 좁은 단칸방에서 살았던 어린 시절, 겨울이 되면 나와 동생은 시골로 보내졌다. TV도 없는 시골에서 온몸에 김이 펄펄 날 정도로 동구 밖을 쏘다니다 돌아오면 아궁이에 불을 지피던 할머니는 손자들을 불 가까이 오게 하셨다.

"아이고 우리 강아지들, 감기 들라. 어여 와."

사람이 사람을 피하게 만드는 시대. 오래전 별이 되신 할머니의 따뜻한 시선과 손길이 그립다. ✳

아이들 뛰놀던 부엌 문턱,
유일한 말벗인 고양이는
고즈넉한 가을 햇살에 졸고⋯.

"살아생전 손주들 몇 번이나 더 보려나."

추석 앞둔 산골마을,
주름진 노모의 손길만 바쁩니다.

2막

# 어느 날, 당신이
# 내게로 왔습니다

# 꽃과 나무와 같은 삶

그의 몸에

신록이 돋아난다.

아기 손 같은 신록들이 기지개를 켠다.

분홍색 앵초, 보랏빛 팥꽃나무, 노란 산괴불주머니가 저마다 자신의 색을 뽐내고 있다. 연못가에는 동이나물이 노란 꽃을 피웠고, 그 사이로 갓 깨어난 올챙이들이 꼬물꼬물 헤엄친다. 봄의 절정에 경기 용인의 한택식물원에서 만난 풍경이다.

"이 세상에 소중하지 않은 존재는 없습니다. 식물도 마찬가지지요."

모란작약원에서 만난 이택주(80) 원장이 새로 돋아난 신록을 바라보며 나직이 말한다. 반평생을 식물원을 가꾸고 지켜온 그의 모습에는 할아버지 같은 자상함과 부드러움이 배어 있다.

경제 논리가 지배하던 1970년대, 그는 남들이 거들떠보지도 않는 우리 산 우리 강의 작은 풀꽃들에 젊음과 열정을 바쳤다. '제대로 된' 식물원을 만들겠다는 그의 꿈은 국내 최대의 종합식물원으로 결실을 보았다. 20만 평 규모의 대지에 9,700종의 식물들이 살고 있다.

"모든 생명들은 서로 주고받으면서 지내는 소중한 동반자예요."

해마다 때에 맞춰 피고 지는 이곳의 식물들이 그에게는 자식이나 다름없다. 날마다 정성껏 돌보니 꽃과 나무들이 아름다운 향기로 화답한다. 지난겨울에는 난생처음 지독한 독감을 앓았는데, 눈 속에서 복수초가 올라온 것을 보고 다시 생기를 찾을 수 있었다고 한다.

꿈을 이루기 위해 달려왔지만 어느 순간 자신의 진짜 꿈은 '꽃과 나무 같은 삶'임을 깨달았다. 여든의 나이에도 늘 청년 같은 이유를 알 것 같다.

노신사의 눈인사에 수수꽃다리, 분꽃나무가 향기의 손을 내민다. 그의 몸에도 신록이 돋아난다. 🍃

# 풀꽃을 사랑한 스턴트맨

어느 날, 내게 풀꽃이 왔다.

눈물이 났다.

세상에는 다양한 삶이 있다. 화려한 곳에서 팬들의 사랑을 듬뿍 받는 스타도 있고, 스포트라이트 뒤에서 누군가를 대신해 온몸을 날리며 흙먼지를 툴툴 털고 일어서는 삶도 있다.

장마가 소강상태로 접어든 날, 사극 세트장에서 밤샘촬영 작업을 마치고 경북 문경의 단산에 오른 스턴트맨을 만났다.


"제 몸속에 저를 지탱해주는 쇠붙이가 7개 있어요."

대수롭지 않다는 듯 싱겁게 웃으며 박근석(47) 씨가 자신의 이야기를 풀어놓는다.

어릴 적, 성룡이 출연한 영화에 반해 30여 년을 촬영 현장에서 '레디~ 액션'에 몸을 던졌다. 〈괴물〉, 〈쉬리〉, 〈올드보이〉 등 수백 편의 영화에 출연했다. 대역이라서 주목을 받진 못했지만 뜨거운 현장의 열기에 늘 행복했다. 상처가 늘어나면서 진통제로 버티는 날도 많아졌다.

위험한 연기를 마치고 몸을 움직일 수 없을 정도로 파김치가 된 그날, 우연히 콘크리트 사이에서 핀 풀꽃이 눈에 들어왔다. 척박한 환경에서 살아가는 자신의 모습을 보는 것 같아 한참을 바라보며 눈물을 흘렸다.

그때부터 촬영을 마치고 나면 산과 들로 작은 생명들을 찾아 나섰다. 뒤늦게 시작했지만 그가 페이스북에 올린 사진들은 살아 꿈틀거리는 생명력으로 페친들에게 큰 호응을 얻고 있다.


"작은 풀꽃들을 보고 있으면 마음이 편안해져요."

토끼풀꽃을 스마트폰에 담고 있는 그의 모습이 평화롭다. 누가 알아주지 않아도 주어진 조건에서 자신의 빛깔과 향기로 피어오른 들꽃을 닮았다.

구름 속에 숨어 있던 해가 나오며 빛내림이 시작되었다. 지천으로 피어나는 토끼풀과 그 꽃들을 사랑하는 '올드 스턴트맨'에게도 햇살이 쏟아져 내린다. 🍃

# 마구 가슴이 뛰는 기라예

얼마나 아름다운가.

꿈꾸는 삶은…

사각사각, 사각.

왁자지껄한 학생들이 집으로 돌아간 고요한 교실에 연필 소리만 가득하다. 학생 한 명이 남아 무언가를 쓰느라 열심이다.

How do you go to school?(하우 두 유 고우 투 스쿨?)
I go to school by car.(아이 고우 투 스쿨 바이 카.)

중3 김현희(62) 학생이 영어 단어에 우리말을 달며 숙제를 하고 있다. 입학 당시만 해도 까마득했는데 조금씩 말문이 트이고 외계어 같던 영어가 친근해지기 시작했다. 낯설게 외면하던 영어 간판들도 슬슬 말을 걸어왔다.

"마구 가슴이 뛰는 기라예."

김 씨는 자원봉사를 갔다가 우연히 모집공고를 보았다. 나이와 상관없이 누구나 입학할 수 있는 중학교 과정의 학생을 모집하는 내용이었다. 그 순간, 오래전 잊어버린 꿈이 꿈틀대기 시작했다.

경북 고령의 산골이 고향인 김 씨는 8남매의 다섯째로 태어나 언니와 오빠들처럼 자연스레 국민(초등)학교만 졸업하고 부모님 일손을 도와야 했다.

온통 영어로 된 생활용품을 마주할 때마다 속으로 갑갑했다. 무엇보다 아이들 숙제를 도와주지 못할 때 제일 속상했다. 그럴 때마다 자신이 원망스럽고 가슴에 아쉬움이 남았다.

김 씨는 다시 배울 수 있다는 설렘에 밤잠을 설쳤다. 그리고 용기를 내어 입학시험을 치렀다. 산수 문제는 어떻게든 풀겠는데 영어는 속수무책이었다. 한 글자도 아는 게 없어 백지를 냈다. 떨어졌겠지 생각했는데 합격했다는 연락이 왔다. 날아갈 듯 기분이 좋았지만 그것도 잠시, 막상 학교에 다닐 생각을 하니 겁이 나고 걱정이 되어 다시 잠을 설쳤다.

그때 자녀들이 엄마의 손을 잡고 격려해주었다. 남편도 평생의 응어리를 알아채고 어깨를 토닥이며 응원을 아끼지 않았다. 용기가 솟고 힘이 났다.

졸업을 앞둔 김 씨는 소녀처럼 또 가슴이 뛴다. 부러움의 대상이었던 '여고 동창생'이란 단어가 본인 생애에는 없을 줄 알았다. 머리에 흰 서리가 내려앉았지만 못 배운 한으로 눈물을 삼켰던 세월을 뒤로하고 다시 꿈을 꾸고 있는 자신의 모습이 낯설고도 대견하다. 여력이 되면 대학까지 진학해서 사회복지를 공부하고 어려운 사람들을 돕고 싶다며 수줍게 웃는다.

새삼 나이는 숫자에 불과하다는 말에 공감한다. 꿈꾸는 삶은 얼마나 아름다운가! 주름진 얼굴에 기쁨으로 빛나는 그녀의 모습이 교정에 활짝 핀 들국화처럼 아름답다.



* 김현희 씨가 재학 중인 대구내일학교는 전국에서 유일하게 교육청이 운영한다. 초·중 학력을 인정하며, 재학생은 34세부터 87세까지 평균 나이가 67세다. 🌿

# 인생의 가을을 연주하다

언젠가는

꼭 이루고 싶었던

소망을 연주하다.

수북이 쌓인 낙엽을 밟는다. 넓적한 플라타너스 잎들이 발 아래에서 바스락거린다.

젊은 날에는 낙엽을 밟을 때마다 '시몬, 너는 좋으냐? 낙엽 밟는 소리가'라는 질문을 던지며 낭만을 즐기곤 했었다. 이제 환갑을 바라보는 나이가 되니 낙엽 밟는 소리에 가슴이 시려온다.

낙엽들이 서울 시민보다 많을 것 같은 양재 시민의 숲을 걷고 있다.


부아앙~ 빰바~.

경부고속도로와 인접한 산책로 벤치에서 트럼펫 소리가 들려온다. 자동차 소음과 섞여 들려오는 금관악기 소리에 까마귀가 깍 깍 화음을 넣는다.

소리를 따라 가보니 청바지를 입은 중년 신사가 악보를 보며 트럼펫 연습에 한창이다. 수북한 낙엽들 앞에서 연주하는 그의 모습이 사뭇 진지하다. 지난해에 정년퇴직했다는 최덕하(64) 씨다.


30여 년간 교회 차량을 운행했던 그는 교회 오케스트라에서 연주하는 연주자들이 멋있어 보였다. 언젠가는 자신도 저 자리에서 연주해보고 싶다는 소망을 남몰래 키웠었다.

퇴직하고 집에 있으려니 온몸이 쑤시고 마음도 가라앉았다. 경기가 어려워 다시 일자리를 구하기란 하늘의 별 따기였다. 그렇게 힘든 나날을 보내다가 트럼펫을 마련하여 차 안에서 불어보았다. 울적하고 답답했던 가슴이 뻥 뚫리는 느낌이었다.

그 후로 용기를 내어 공원으로 나왔다. 구석진 곳을 찾아다니다가 고속도로와 인접한 이곳에 자리를 잡았다. 교습학원도 다니면서 이제는 어느 정도 연주에 자신이 붙었다. 가끔 마주치는 산책 나온 시민들도 미소로 응원해주었다.


'낙엽 청중' 앞에서 연주하는 그의 표정이 행복해 보인다. 봄에 새싹을 내밀고 여름에 무성하다가 가을에 단풍 들어 이제는 떨어져 뒹구는 낙엽들에게 끝까지 최선을 다했다며 위로와 경의를 보내는 듯하다. 낙엽 청중도 그의 연주에 환호한다.

열심히 연습해서 교회 오케스트라 연주자가 되고 싶다는 그의 꿈이 이루어지길 기원하며 공원을 나서는 발걸음이 가벼워졌다.

바스락 바스락 낙엽 밟는 소리가 경쾌하다. 🍃

# 넌 어느 별에서 왔니?

우리는

그렇게 가족이 되었다.

냐아~옹 야옹.

사뿐사뿐 돌다리 난간을 걷고 있는 고양이 한 마리가 눈길을 사로잡는다. 까만색 망토를 두르고 흰 구두를 신은 듯한 매혹적인 자태에 행인들이 가던 길을 멈추고 스마트폰에 담기 바쁘다. 그 모습을 자전거에 걸터앉은 한 남자가 흐뭇하게 바라보고 있다.


"우리 삼봉이가 산책을 좋아해요."

청계천으로 반려묘와 산책을 나온 윤미식(43) 씨가 "삼봉아!" 하고 부르자 고양이가 특유의 민첩함으로 윤 씨의 어깨 위에 사뿐 올라선다. 원래 한 몸인 것처럼 자연스러운 모습이다.

4년 전 버려진 냥이를 친구가 데려다 키워 새끼를 낳았는데 그 중 한 마리가 윤 씨 곁으로 오게 되었다.


"이 아이를 만나기 전에 방황을 많이 했어요."

크로스핏 트레이너인 윤 씨는 텅 빈 집에 들어서면 늘 마음 한 구석이 허전했다. 하루 종일 회원들을 상대하다 보면 몸은 파김치가 되고 날이 갈수록 삶이 공허해지는 느낌이었다.

친구의 부탁으로 고양이 새끼를 키우기 시작했지만 처음에는 데면데면했다.

어느 날, 속상한 일로 술을 많이 마시고 집에 오자마자 쓰러져 잠이 들었는데 깨어나 보니 삼봉이가 바로 옆에서 자신을 뚫어지게 바라보고 있었다.

"제 영혼이 위로받는 느낌이었어요."

자신을 바라보는 삼봉이의 눈이 어찌나 맑고 투명하던지 아직도 그 순간을 잊을 수 없다고 했다. 우연한 만남이었지만 교감이 있은 후 둘은 서로에게 소중한 존재가 되었다. 그날 이후로 과묵한 삼봉이와 대화도 하고 산책도 하는 가족이 되었다.


나를 기다리고 반겨주는 존재는 삶의 큰 위안이다.

우리 집도 다 큰 아이들이 떠나간 둥지를 3년 전에 식구가 된 '달리'라는 냥이가 채워주었다. 퇴근하고 집에 들어서면 기다렸다는 듯 다가와 꼬리로 다리를 휘감으며 반가움을 표시한다. 그 아이의 맑고 투명한 눈빛을 보면 다른 별에서 온 존재인 것만 같아 혼자 묻곤 한다.

"넌 어느 별에서 왔니?" ✑

# 버림받은 기억의 치유

모든 생물은

지구별에서 함께 사는 친구다.

공기가 제법 선선하다.

구절초 틈에서 철 지난 망초꽃들이 강인한 생명력을 과시하며 파란 가을 하늘을 우러른다.

재활치료를 통해 유기견에게 새 삶을 불어넣어주는 경기도 도우미견나눔센터를 찾았다. 청명한 하늘 아래 파란 조끼를 입은 훈련사와 호리호리한 개 한 마리가 훈련을 하고 있다. 김지연(26) 훈련사와 이탈리안 그레이하운드 '산토'다.

안산보호소에 있다가 이곳으로 옮겨온 산토는 발견 당시 오른쪽 골반뼈가 부러져 있었다. 유기된 상태로 오랫동안 방치되어 손을 쓸 수가 없었다. 지금도 한쪽 다리가 불편해서 강아지용 짐볼 등을 이용해 훈련을 받고 있다.

이곳에 온 유기견들은 한두 달 훈련을 거쳐 몸과 마음의 상처를 치료하고 분양되어 반려견으로 새로운 삶을 시작하지만, 산토는 5개월째 이곳에서 지내고 있다. 버려진 충격으로 분리불안 증상이 심해 두 번이나 입양되었다가 다시 돌아왔다.

"이 아이들은 버림받은 기억이 있어서 훈련할 때도 칭찬을 많이 해줘요."

훈련사의 얼굴을 바라보던 산토가 "손~" 소리에 얼른 앞발을 내민다. "잘했어"라는 칭찬과 함께 뒷주머니에서 간식이 나온다. 산토가 주변을 뱅글뱅글 돌면서 껑충 뛰기도 하고 그야말로 좋아서 어쩔 줄 모른다. 나에게도 몸을 부비고 얼굴에 입을 맞추는 등 친밀감을 표시한다.

머루처럼 까만 눈을 가까이서 보니 측은한 마음이 인다. 낯선 곳에 버려지고 다쳤을 때 얼마나 무섭고 고통스러웠을까?


"이 땅의 모든 동물들은 '지구별에서 함께 사는 친구'지요."

극도로 불안했던 아이들도 사랑으로 보살펴주면 어느새 다가와 제 몸을 부비며 순한 눈빛으로 변한다며 지연 씨가 밝게 웃는다. 자신이 돌보며 훈련시킨 유기견들이 새로운 가정에 입양되어 행복한 삶을 살아가는 모습을 볼 때 더없이 행복하다.

다시 훈련이 시작되었다. 자세를 낮추고 눈높이를 맞추어 교감하는 산토와 지연 씨의 모습이 가을 햇살처럼 눈부시다. 🍃

# 살아갈 힘을 주는 나만의 기쁨

어두운 밤 험한 길 걸을 때

내가 내가 내가 너의 등불이 되리

허전하고 쓸쓸할 때

내가 너의 벗 되리라

-윤복희, '여러분' 중에서

붉은 저녁노을이 호수에 스며든다. 저마다의 방식으로 하루를 보낸 사람들이 호숫가를 걷고 있다.

멋진 모자를 쓴 노신사가 검은색 가방에서 황금색이 번쩍이는 악기를 꺼내 조립하더니 석양을 배경으로 연주를 시작한다. 굵직한 중저음의 색소폰 소리가 잔잔한 물결 위로 퍼져나가며 무심하게 걷던 사람들의 발걸음을 붙잡는다.


"이 악기가 저한테 살아갈 힘을 줘요."

연주가 끝나고 이근성(63) 씨가 악기를 소중히 감싸 안는다.

중학교 때 아버지의 카세트에서 흘러나오는 색소폰 소리를 처음 듣고는 가슴이 벅차올랐다. 언젠가는 저 악기를 연주해보리라는 열망을 키웠지만 먹고 살기에 바쁘다 보니 한참을 잊고 지냈다.

IMF가 터지고 건축업을 영위하던 그도 큰 어려움을 겪었다. 시름을 잊기 위해 찾은 술집에서 어릴 적 그의 마음을 사로잡았던 그 소리가 들려왔다. 마법처럼 소리에 끌려 독학으로 색소폰을 불기 시작했다. 그의 나이 46살이었다. 그 후 사업을 재개하고 기쁠 때나 힘들 때나 색소폰과 한 몸이 되었다. 혼자 있어도 외롭지 않았고 웬만한 어려움도 견딜 수 있었다.

"색소폰을 불고 있으면 영혼이 위로받는 것 같아요."

2005년 의료사고로 어머니를 잃었다. 작은 수술이었는데 하반신 마비가 오고 결국 다시는 어머니를 뵙지 못하게 되었다. 상심이 너무 커서 며칠 동안 밥을 넘기지도 못하고 지내다가 색소폰을 꺼내들었다. 어머니를 그리며 눈물 반 한숨 반으로 불고 또 불었다. 연주를 하면서 식욕이 돌아오고 마음도 안정되었다.

색소폰을 이야기하는 그의 눈이 반짝인다. 사랑하는 연인의 눈빛이다. '삶이 힘들어도 스스로에게 기쁨을 주는 일을 만들어가면 살 만하다'고 말하는 것 같다.


연주를 한 곡 청했다. 심호흡을 가다듬은 그가 천천히 연주를 시작했다.

'네가 만약 괴로울 때면 (…) 나는 너의 영원한 노래야.'

'여러분'이 굵직한 중저음의 색소폰을 타고 호수에 메아리치며 사람들의 처진 어깨를 토닥인다. 🍃

87

# 산에서 찾은 행복의 비밀

행복은

작고 단순한 것에 있다.

겨울 산을 오르고 있다.

인적이 드문 산길에서 단짝인 내 그림자가 한 발 앞서가며 길을 안내한다. 눈을 들어보니 빈 가지 사이로 드러난 투명한 하늘이 눈이 시리도록 파랗다. 조금만 더 오르면 맑고 푸른 하늘이 손에 잡힐 듯하다.

오르막이 끝나자마자 펼쳐지는 광활한 평원에서 어서 오라며 황소바람이 반겨준다. 키 작은 나무들은 바람 부는 방향으로 비스듬히 누워 자라고, 거대한 풍력발전기들이 거센 바람을 맞으며 날개를 돌린다.

파란 하늘 위에 하얀 풍차가 돌고 있는 그림 같은 풍경 속으로 3명의 등산객이 걸어 들어가고 있다. 그들의 뒤를 쫓아 부지런히 발걸음을 옮겼다.

"정신이 번쩍 들고 가슴이 후련해지네요."

선자령 정상에서 이경호(65) 씨가 거친 숨을 몰아쉬며 말을 건넨다. 30년간 함께 일한 직장 동료들과 함께 백두대간의 한 자락을 찾았다. 퇴직 후에도 10년 동안 계속 만나온 그들은 산행 모임을 자주 갖는다며 약속이라도 한 듯 거의 동시에 기지개를 켠다.

"행복은 늘 작고 단순한 것 속에 있더라고요."

그동안 많은 산을 찾아 오르기에만 바빴는데 이제는 자신에게 '살면서 무엇을 얻으려 했는가?'라는 질문을 자주 하게 된다고 곽승주(63) 씨가 말한다. 젊은 날에는 많은 것들을 갈망하고 그것을 이루면 더 행복해질 것 같아 아등바등 살았다. 은퇴하고 산을 오르면서부터 스스로 묻고 답하며 욕심들을 하나둘 내려놓을 수 있었고, 햇살, 바람, 나무 등이 일상의 기쁨이 되어주었다.

이 씨 일행과 헤어져 하산 길로 접어들었다. 빈 나뭇가지들 사이로 겹겹이 쌓인 백두대간의 능선과 동해 바다가 아스라이 보이고, 잎을 모두 떨군 나무들 덕에 바닥에서 자란 조릿대가 마음껏 파란 하늘과 햇살을 즐기고 있다.

모든 것을 내려놓은 겨울 산의 욕심 없는 고요가 마음의 평화를 안겨준다. ✦

# 빛이 없을 때 보이는 것들

겨울의 어느 날,

음나무를 껴안고

나를 발견했다.

천천히 찾아오는 어둠은 부드럽다.

수직으로 뻗은 나무와 온갖 모양의 나뭇잎들이 어둠 속에서 자신의 빛을 내려놓고 휴식을 취한다. 여름을 노래하던 새들도 하나둘 집으로 돌아가고, 산은 깊은 침묵에 젖는다.

지리산과 덕유산의 두 거인 사이에 오롯이 자리한 금원산 '고요의 숲'에서 밤을 맞았다.

전기가 없는 깊은 산중의 어둠 속으로 빛 하나가 찾아들었다. 10여 년간 인적이 드문 산속에서 홀로 명상의 터를 일군 서승원(53) 씨가 책을 읽기 위해 촛불을 켰다. 양초 하나와 작은 향초 2개가 어둠을 밝히며 2평 남짓한 오두막을 밝혔다. 책상 위에는 노자의 《도덕경》이 놓여 있고, 벽을 따라 놓인 선반에는 책들이 그득하다.

"빛이 없으면 많은 것들이 보여요."

서 씨는 고교 시절부터 지리산을 타며 침낭 속에서 별을 보고 잠드는 것을 좋아했다. 산은 늘 방황하는 자신을 받아주었고 혼자 있어도 외롭거나 무섭지 않았다. 고요와 어둠 속에서 자연스럽게 '나는 누구인가?'라는 화두를 붙잡게 되었다.

갓 서른이 넘은 무렵, 겨울날 산속에서 눈 속에 파묻힌 나무 한 그루를 발견했다. 자신의 모습을 빼닮아 꼭 껴안았는데 가시투성이였다. 음나무였다. 세상을 향해 가시를 세우고 살아온 자신을 보는 것 같았다. 그 순간 자신을 둘러싼 모든 것들이 선명해지면서 마침내 자신을 용서하고 이해할 수 있게 되었다.


그가 지은 흙집에서 잠자리에 들었다. 쉬 잠이 오지 않는다. 몇 번을 뒤척이다 일어나 앉았다. 고요 속에서 문득 나 자신과 마주한다. 그 모습이 낯설다.

'그동안 하루하루 애쓰며 살아왔구나.'

어둠이 처진 내 어깨를 어루만져준다. 통 유리창 너머 밤하늘에 무수한 별들이 나뭇가지에 열렸다. 🍃

밤바다를 밝히는 등대를 가만히 가슴속에 담는다.
누구나 외롭거나 절망할 때가 있는 법.
그럴 때에는 등대지기의 심정으로
마음속 어둠을 밝히는 등댓불 하나 켜두어야겠다.

3막

# 고마운 당신,
# 그립습니다

# 엄마의 미소 닮은
# '하얀 향기'

엄마 일 가는 길에 하얀 찔레꽃

찔레꽃 하얀 잎은 맛도 좋지

배고픈 날 가만히 따 먹었다오

-이연실, '찔레꽃' 중에서

산이 아름다운 것은 그 속에 깃든 침묵 때문이다.

지리산 천왕봉으로 향하는 길목인 경남 산청의 중산리 산자락에 서면 대숲이 눈에 들어온다. 한줄기 바람이 대숲을 스치자 댓잎 쏠리는 소리가 청아하다. 눈을 감고 복잡한 일상들을 하나씩 바람에 날려 보낸다.

쏴아 하는 댓잎 소리와 함께 어디선가 감미로운 향기가 코끝에 스민다. 찔레꽃이다. 그 향기를 따라가다 대숲 끝자락에서 찔레꽃을 따고 있는 전문희(58) 씨를 만났다. 차를 만들기 위해 꽃과 새순을 따고 있단다.


"찔레꽃 향기는 어머니 체취 같아요."

찔레꽃이 필 때면 유독 어머니가 그리워진다는 전 씨는 하얗게 피어난 꽃을 보면 산자락 어디를 가도 어머니가 반갑게 맞아주는 것 같다고 말했다.

그녀의 사모곡은 30년 전으로 거슬러 올라간다. 말기암 진단을 받은 홀어머니가 전 씨의 삶을 180도 바꿔놓았다. 하늘이 무너지는 느낌이었다. 서울 생활을 정리하고 6개월의 시한부 삶을 선고받은 어머니를 모시고 고향으로 내려온 전 씨는 암에 좋다는 삼백초 등의 약초를 캐서 가마솥에 달여 드렸다.

그녀의 정성에 하늘도 감동했는지 어머니는 3년을 더 사시다가 임종을 하셨다. 그때부터 그녀는 약초에 눈을 떠 지리산에서 산야초차를 만들어왔다.

"오월이 가는 게 아쉬워요."

찔레꽃을 보면 어머니의 미소를 보는 것 같아 부지런히 산자락을 돌아다닌다. 무리 지어 핀 찔레꽃들이 하나둘 지는 걸 보면 그렇게 아쉬울 수가 없다.

찔레꽃을 자세히 보니 5개의 흰 꽃잎이 나비처럼 하늘거리며 아득한 유년의 기억 한 편을 불러온다.

초등학교 입학식 날, 어머니는 복도에서 아들의 모습을 지켜보셨다. 어린 나는 허름한 한복을 입은 어머니의 행색이 부끄러워 창밖을 제대로 쳐다보지 못했다. 그러다 한참 만에 복도 쪽을 보니 어머니가 환한 미소를 짓고 계셨다.

기억 속의 어머니는 소박한 찔레꽃을 닮으셨다. 그때는 왜 그리도 부끄러워했는지…. '엄마 일 가는 길에 하얀 찔레꽃'으로 시작하는 애잔한 노래 가사가 머릿속을 맴돈다.

요즘 부쩍 약해지신 어머니가 그리워진다. 한동안 연락도 못 드렸는데 이번 주말에는 꼭 찾아뵙고 안아드려야겠다. ❧

# 바람에 실려온
# '아버지의 숨결'

해줄 게 없어 미안해요.

늘 고마워요.

바람이 분다.

수천 개의 바람개비들이 이 순간만 기다렸다는 듯 일제히 돌아간다. 언덕에서 잠자던 거인 조각상들이 기지개를 켜고 성큼성큼 걸어 나온다. 바람개비 앞에서 셀카를 찍던 연인들은 수줍게 입맞춤을 한다. 평화의 바람이 부는 곳, 임진각 평화누리공원이다.

휠체어가 햇살에 반짝인다. 부인과 함께 나온 이승민(78) 씨가 휠체어에 앉아 바람개비를 본다. 평생을 섬유업계에서 일하고 은퇴 후 텃밭을 가꾸며 알콩달콩 살아가던 중 뇌졸중으로 쓰러졌다. 벌써 4년 전이다. 날벼락 같은 일로 한동안 망연자실했지만 부인의 지극정성 간호로 큰 고비를 넘길 수 있었다.

"더 이상 해줄 게 없어 안타까워요."

부인에게 늘 고맙고 미안하다는 이 씨가 담요를 덮고는 바람 부는 곳을 향해 지긋이 눈을 감는다. 집 안에만 있다가 오랜만에 맞는 바람이 살갑기만 하다. 햇살을 받으며 바람의 숨결을 음미하는 이 씨의 모습에서 문득 돌아가신 아버지가 겹쳐진다.

아버지는 햇살과 바람을 좋아하셨다. 중환자실에서 삶과 죽음의 문턱을 넘나들다 기적적으로 회복되어 50일 만에 바깥바람을 쐬러 나오셨다. 그때 휠체어에 앉아 중얼거리듯 하시던 말이 아직도 귓가에 생생하다.

"해님, 고맙습니다."

다시 바람이 분다. 비를 몰고 오려는지 물비린내가 실려 있다. 이 씨 부부가 서둘러 자리를 떠난다. 부인이 휠체어를 밀자 빨강, 파랑, 노랑 바람개비가 힘차게 돌아가며 이들을 배웅한다.

멀어져가는 휠체어를 보고 있자니 바람 되어 찾아오신 아버지가 더욱 그립다. 가슴 깊이 묻어둔 그리움이 꿈틀거린다.

다사로운 봄 햇살 속에서
스마트폰에 담긴 당신의 마지막 숨결을 만납니다.

"해님, 고맙습니다."
생사의 고통을 넘나들다 50여 일 만에 병원 로비에서
햇살을 만난 당신은 수도 없이 해님께 고마움을 전했습니다.
한줄기 빛을 어루만지며 되뇌시던
당신의 음성이 아직도 제 귓가에 생생합니다.

"아버지, 사랑합니다."

-한 줌 봄 햇살로 찾아오신 아버지를 그리며

# 이러~ 이러~,
# 소와 한 몸 되어

가장의 무게를 지고

인생의 밭을 갈다.

"이러~ 이러~ 이러~."

정겨운 소리가 고요한 첩첩산중에 메아리친다.

비탈밭에서 소의 고삐를 밀고 당기며 쟁기질하는 농부의 손놀림이 능숙하다. 소는 늙은 농부의 호령에 뚜벅뚜벅 장단을 잘도 맞춘다.

마치 한 몸인 것처럼 움직이는 농부와 소를 자세히 보니 소가 농부의 말을 척척 알아듣는다. "이러~" 하면 가고 "와" 하면 멈춰 선다. 고랑 끝에서 "워워~" 하니 오른쪽으로 돌아선다. 두 고랑을 갈고 나니 소도 농부도 거친 숨을 몰아쉰다.

"이 밭이 6,000평이래요. 소 없으면 일을 못해요."

고삐를 내려놓고 자신의 고달픈 삶을 막걸리 한잔에 풀어내는 우광국(79) 어르신은 평생 소와 더불어 살아왔다. 지금의 소는 어미젖을 떼고 4개월 무렵부터 나무 등걸이를 씌워 길들였다고 한다. 어릴 때부터 멍에가 씌워진 것이다. 측은한 마음에 소를 보니 눈만 껌벅이고 있다. 맑고 고요한 눈이다.

"사람도 그렇고 소도 그렇고 죽지 못해 하는 거래요."

식구들을 먹여 살리기 위해 평생 밭을 갈았다는 어르신. 자식들을 다 출가시키고 이제는 집에서 편히 쉴 법도 한데 아직도 자식 걱정에 일을 놓을 수가 없다. 가장이라는 삶의 무게가 무겁게 느껴진다.


다시 쟁기질이 시작되었다. 넓은 비탈밭은 늙은 농부와 소의 힘으로 숨골이 생겼고 땅은 물러졌다. 농부와 소가 지나간 자리에서 겨우내 단단해진 속살을 드러낸 흙들이 봄볕을 쬐고 있다.

생기를 얻은 강원도 영월 산골의 봄이 무르익고 있다. ❦

# 청보리들의 응원

보리밭 사잇길로 걸어가면

뉘 부르는 소리 있어

발을 멈춘다.

-박화목, '보리밭' 중에서

사그락 사그락.

까실까실한 수염을 하늘로 치켜세운 청보리들이 바람에 몸을 맡긴 채 서로의 몸을 비벼댄다. 누렇게 익어가는 보리밭 위로 화들짝 놀란 비둘기들이 후두둑 날아가고, 키다리 미루나무도 바람에 몸을 뒤척인다. 하늘공원과 노을공원을 등지고 캠핑장 앞에 조성된 '난지한강공원'의 청보리밭이다.

"이맘때면 문득문득 어머니 생각이 나요."

추억에 잠긴 듯 두 손으로 보리를 쓰다듬고 있던 윤모(69) 씨가 어린 시절 이야기를 들려주었다.

가난했던 그때, 보리가 영그는 이맘때면 특히 먹을 것이 없었다. 보따리 채소 장사를 하시는 어머니는 채소가 안 팔리는 날에는 밤이 늦어서야 돌아오셨고, 주린 배를 움켜쥔 채 잠이 든 아들을 깨워 꽁보리밥을 지어주셨다. 지금도 길거리에서 장사하는 아주머니들을 보면 어머니 생각에 무언가 하나라도 사 들고 집에 돌아오곤 한다.

망종이 지나 부지깽이라도 거들어야 할 농번기에는 보리밭에서 하루 종일 낫질을 했다. 까칠한 보리를 베다 보면 어린 손은 상처 투성이가 되고, 일하기 싫어서 도망치면 형이 자신의 몫까지 묵묵히 대신 해주었다. 보릿대를 불에 그슬려 손바닥으로 싹싹 비벼서 먹으라고 준 졸깃한 보리 알갱이 맛은 지금도 잊을 수 없다.


보리에 대해서는 안 좋은 기억뿐이라면서도 윤 씨의 얼굴은 마냥 평온해 보인다. 추운 겨울에 싹을 틔우는 보리처럼 힘겨운 시절을 버텨낼 수 있었던 것은 서로를 챙기는 가족이 있었기 때문이리라.

다시 바람이 분다. 우리는 나중에 지금의 어려운 시기를 어떻게 추억할까?

바람에 몸을 맡긴 청보리들이 차례로 누웠다 일어나기를 반복하며 '힘내라'고 파도타기 응원을 보낸다. 💙

# 삶을 건져올리는 소리 '휘호이'

하고 싶다고 하고

---

안 하고 싶다고 안 할 수 없는….

---

그게 사람 사는 일이다.

---

콧등에 땀이 나고 숨이 차오른다. 억지로 잠을 청해보지만 달리는 버스는 더디기만 하다. 승객들은 대부분 눈을 감고 있거나 차창 밖을 멍하니 바라본다.

차에서 내려 마스크를 벗고 숨을 몰아쉬자 휘이 하는 휘파람 소리가 난다. 그 소리가 오랜 잠수 끝에 물 위로 얼굴을 내민 해녀들의 숨비소리 같다. 한 번 더 긴 숨을 내쉬니 하아~ 소리와 함께 해녀 할머니 한 분이 해삼, 멍게가 가득 든 망사리를 짊어지고 기억의 저편에서 걸어오신다. 제주 추자도 옆의 작은 섬 횡간도에 사시는 고정심 할머니다.

휘호이~ 하아~.

오랜 물질 끝에 물 밖으로 나와 숨을 몰아쉬는 할머니 표정에 괴로움이 역력하다. 처녀 시절부터 해온 물질이라 이골이 났지만 주름이 늘어날수록 호흡도 가빠진다. 섬에서 나고 자라 섬에서 결혼까지 한 할머니는 남편이 허리를 다쳐 홀로 물질을 하며 가족을 부양했다. 섬을 떠나는 것이 평생의 소원이었지만 자식들을 모두 대처로 내보내는 것으로 소원을 대신했다.

"50년 넘게 물질을 했더니 몸이 성한 디가 없어. 그려도 안 헐 수는 없지."

칠십이 넘도록 물질을 하고 계신 할머니는 당신의 어깨를 짓누르는 가족이 때론 무겁기도 하지만 저승 같은 물속에 들어가면 그래도 이승의 가족들이 그립다고 한다.

"하고 잡다고 하고, 안 허고 잡다고 안 헐 수는 없지. 사람 사는 일잉께."

'사람 사는 일'이라는 할머니의 말씀이 오랫동안 내 마음에 남았다.

발길을 돌려 다시 일터로 향하는 나의 등 뒤에서 할머니의 숨비 소리가 들리는 듯하다. 숨 한번 크게 내쉬고 다시 삶을 건져올리라고, 힘내라고….

휘호이~ 하아~. ❧

# 어떤 복을 받고 싶으세요?

복조리를 가슴에 안았다.

마음이 따뜻해졌다.

올 듯 말 듯 봄이 쉬 오지 않는다.

남녘에서 부지런한 매화가 꽃망울을 터트렸다는 소식이 들려오지만 텅 빈 들에는 말라비틀어진 풀들만 누워 있고, 인적이 뜸한 마을의 골목에는 찬바람이 여전하다. 평소 같으면 털신들이 옹기종기 모여 있을 마을회관도 굳게 잠겨 있다. 겨울이면 하루도 쉬지 않고 복을 엮던 손길 발길이 이어지던 곳이다. 한 해의 복을 담을 복조리를 만드는 경기 안성시 죽산면의 신대마을을 찾았다.

"혼자 하니까 심심해죽겠어."

집 안의 거실에 잘게 쪼갠 대나무가 한가득 놓여 있고 완성된 조리들이 한 무더기 쌓여 있다. 그 가운데서 폐현수막을 펼치고 앉아 홀로 조리를 만들던 이간난(70) 씨가 지루함을 호소한다. 옆에서 벗해주던 고양이마저 이방인의 출현에 줄행랑을 친다.

아낙들은 한겨울 내내 마을의 공동작업장에 모여 복조리를 만들었다. 아침에 일어나 잠자리에 들 때까지 웃고 떠들며 지내다 보면 하루해가 짧기만 했다. 그러나 코로나가 마을 공동체의 오랜 전통을 한순간에 바꿔버렸다.

"남들 보기에는 쉬워 보여도 엄청 힘들어요."

조금만 움직여도 비뚤어지기에 발로 단단히 고정하고 억센 대나무를 바느질하듯 한 코 한 코 엮어야 하기에 아주머니는 하던 일을 멈추지 못한다. 복조리를 엮는 주름진 손이 나무껍질처럼 까슬까슬하고 갈라진 손가락 끝은 굳어 있다. 힘든 작업이지만 모여서 함께 할 때에는 시간 가는 줄 몰랐는데 혼자 하자니 즐거움은 사라지고 고된 노동만 남았다.

"서로 모여서 떠들고 밥 해먹던 때가 너무 그리워."

고향은 달라도 한 마을에 시집 와서 매일 눈 뜨면 만나는 얼굴들이다. 가족들보다 더 많은 시간을 함께 보냈다. 영감 흉도 보고 자식 걱정, 손주 자랑에 서로의 속사정도 훤하다. 무엇보다 일하는 어려움을 너무나 잘 알기에 함께 있음으로써 위로가 되고 힘이 되었다.

당연했던 일상이 너무 그립다는 이간난 아주머니는 새해에는 어떤 복을 받고 싶으냐는 말에 주저 없이 코로나가 물러가 다 같이 모여 노는 것이라고 말한다.

"이거 가져가서 걸어놓고 복 많이 받아요."

힘들게 작업한 복조리 하나를 선뜻 주시는데 받으려니 마음이 찡하다.


돌아오는 길에 손에 들린 복조리를 가만히 바라보았다. 기교도 없고 색깔도 밋밋하다. 그저 대나무를 쪼개서 엮은 것이 투박하고 단순하다. 하지만 가만히 들여다보면 한 땀 한 땀 정직하고 감사한 마음이 그 안에 올올이 박혀 있다.

복조리를 가슴에 안으니 마음 한구석이 따뜻해진다. 복조리에 담긴 복이 내게도 들어온 모양이다. ❦

# 섶다리의 추억

마을 사람들은

무너진 다리를 다시 놓으며

소통과 화합을 이어갔다.

함박눈이 내린다.

산과 들 그리고 꽁꽁 언 강물 위로 점점이 내려앉는다. 을씨년스러운 겨울 산하가 어느새 순백의 세상이 되었다. 다리 위에서는 눈발을 헤치며 누렁이가 앞서가고 지게를 멘 주인이 뒤를 따라가고 있다.

정겨운 그 모습에 왠지 모를 그리움이 일렁인다. 평창강이 흐르는 강원도 영월군 판운리의 섶다리 풍경이다.


"내 별명이 지게도사야. 하하하."

설을 앞두고 다리 건너 이웃 마을에 다녀온다는 하창옥(74) 씨가 불콰해진 얼굴로 호탕하게 웃는다. 발채를 얹은 지게 위에는 짐이 가득하다. 젊었을 때는 지게질깨나 했다며 지금도 여전히 일을 할 때 지게가 요긴하단다.

신작로가 뚫리고 콘크리트 다리가 놓였지만, 강 건너 이웃 마을에 갈 때는 이 다리가 제격이다. 친구와 약주 한잔 걸치고 산이(풍산개)와 함께 집으로 돌아오는 길에 눈발까지 날리니 더욱 마음이 넉넉해진 듯 유쾌한 표정이다.

"옛날에 다리 놓는 날은 마을 잔치였지."

갈수기인 10월쯤 강물이 줄어들기 시작하면 강을 사이에 둔 두 마을이 다리 기둥으로 쓸 나무를 해오느라 분주하다. 다리를 놓는 날에는 집집마다 부침개, 막걸리, 떡, 국수 등을 준비해서 가져온다. 마을의 어른들이 다리를 놓는 동안 아이들은 강가에 나와 구경도 하고 놀이도 즐긴다.

다리가 완성되면 두 마을 사람들 모두가 서로의 노고를 위로하며 잔치를 벌였다. 이듬해 장마가 져서 떠내려가면 가을에 다시 다리를 놓으며 서로의 소통과 화합을 이어갔다.

하 씨와 헤어지고 나서 섶다리 위를 혼자 걸어보았다. 무너지면 다시 놓이는 섶다리가 두 마을을 이어주듯 지금 우리가 하고 있는 무수한 노력들이 각자의 아픔을 치유하고 끊어진 관계를 이어주리라.

눈 덮인 얼음장 밑으로 돌돌돌 물 흐르는 소리가 들린다. ❧

고물고물 고사리손은 아가씨 손이 되었고,
쭈그렁이 된 할머니 할아버지의 손등 위엔
세월의 그림자가 짙게 내려앉았다.

고향 품속 같은 질화로에선 밤이 익어가고,
도란도란 손 여섯에도 반가움과 정겨움이 깊어간다.

4막

소망합니다.
당신을 위해

# 할 수 있는 게 기도밖에 없어요

마지막 남은 미열이 가시도록

이 좁은 이마 위에

당신의 큰 손을 얹어주세요.

죽음을 쫓는 손,

그 무한히 부드러운 손을

−박희진, '회복기' 중에서

깊은 어둠이 성당 구석구석에 깔려 있고, 스테인드글라스를 통해 들어온 한줄기 빛만이 적막을 보듬어주고 있었다. 어둠 속 곳곳에서 간절한 기도 소리가 나지막이 들려왔다.

2020년 3월, 한국의 천주교 역사 236년 만에 미사가 중단된 날, 명동성당을 찾았다. 한국전쟁 중에도 종교활동을 멈추지 않았던 곳이다.

검은 마스크를 쓰고 두 손 모아 간절하게 기도하는 모습이 경건하다. 카메라를 갖고 있었지만 감히 그 순간은 사진으로도 표현할 수 없을 것 같았다. 무거운 침묵 속에 흐르는 성스런 아우라에 소름이 돋았다.

"할 수 있는 것이 기도밖에 없어요."

"우리 아이들과 젊은이들이 너무 불쌍해요"

기도를 마치고 문을 나서며 자신을 '루치아'라고 소개한 자매님의 눈가가 촉촉하다.

먹먹한 마음에 하늘을 바라보니 구름 사이로 햇살이 쏟아졌다.

"그래, 어둠은 빛을 이길 수 없어."

혼잣말을 되뇌며 성당을 나서는데 간절한 기도를 비추던 어둠 속 한줄기 빛이 텅 빈 내 마음속에서 반짝였다.❨

# 정성이 부족해 우짠디요

우리가 아픈 것은

삶이 우리를 사랑하기 때문이다.

-이성복, '세월의 습곡이여 기억의 단층이여' 중에서

딸랑 딸랑 딸랑….

맑고 시린 풍경 소리가 온 경내에 울려 퍼진다. 부처님오신날을 앞두고 도심 속 사찰 길상사에 갔다.

4마리의 암수 사자가 떠받치고 있는 길상7층보탑 주변을 돌면서 지친 마음을 다독이다가 문득 잊고 지냈던 기억 하나가 떠올랐다.

햇살이 곱던 그날, 전남 해남의 두륜산을 오르고 있었다. 대흥사를 지나 오르는 길에 줄지어 선 수백 년 된 굴참나무, 편백나무, 느티나무 노목들의 신록이 무척 아름다웠다. '늙어도 저렇게 아름다울 수 있구나' 감탄하며 산 정상을 향해 가던 중 백발의 할머니 한 분을 만났다.

흡사 산신령처럼 흰 머리를 날리며 나물을 뜯고 계신 위금요 할머니는 팔순이 넘은 나이지만 조그만 체구에도 당당한 모습이었다. 호루라기를 목에 걸고 포대자루로 만든 배낭을 멘 할머니는 손주들 뒷바라지를 위해 매일 산에 오르신다고 했다.

두륜산의 정상인 가련봉 아래에 위치한 만일지암 오층석탑 앞에서 발걸음을 멈춘 할머니가 기도를 올리셨다.

"만인간 다 편하고 다 평화로워 화목을 이루면 우리 자식들에게도 좋겠지요. 자식들 공만 안 들입니다. 나라가 편해야 돼요. 나라가 편하고 한 몸 한뜻으로 모두가 편하게 다 해주십쇼."

마치 랩을 하듯 중얼거리며 기도하시는 할머니는 앞치마에 고이 가지고 온 방울토마토 몇 알을 돌탑 위에 올려놓으셨다.

"뭣잔 사 갔고 올 거인디… 정성이 부족해서 이렇게 왔네요. 용서해주십쇼."

기도를 마치신 할머니는 당신의 아픈 사연을 들려주셨다.

열다섯에 시집와서 10남매를 낳고 사고와 병으로 아들 넷을 연달아 잃었다. 화를 달래기 위해 뭐라도 하지 않으면 죽을 것 같아 무작정 산을 탔다. 그렇게 홀연히 떠난 자식들을 잊기 위해 시작한 산행이 40년을 넘었고 그간 호랑이와 산신령만 안 봤을 뿐 산에 사는 모든 동물을 다 만났다.


담담한 어조로 살아온 길을 들려주시는 할머니의 말씀을 듣는 내내 가슴이 아팠다.

할머니는 어떻게 힘든 삶을 견뎌내셨을까? 삶이란 무엇일까?

오랜 시간이 흘렀지만 아직 답을 구하지 못했다. '우리가 아픈 것은 삶이 우리를 사랑하기 때문'이라는 이성복 시인의 시 한 구절이 마음을 위로한다.

풍경 소리가 잔잔히 울린다. ❨

# 솟대가 전하는 말

항상 웃는 일이

가득하기를….

돌돌 말려 있던 금계국 꽃봉오리가 찻잔 속에서 활짝 피어난다.

따뜻한 차 한 모금에 추위로 웅크렸던 몸이 살살 녹는 느낌이다. 주변을 둘러보니 하늘로 날아갈 듯 고개를 쳐든 작고 앙증맞은 솟대들이 작업실에 가득하다. 추위를 피해 전국의 새들이 이곳에 다 모인 것 같다. 웃음을 솟대에 실어 보내는 웃음치료사 송상소(60) 씨의 작업실이다.

방금 만든 솟대를 보여주는 송 씨의 얼굴에 웃음이 가득하다. 가녀린 나뭇가지에 앉은 새 모양에 화사한 꽃무늬가 새겨져 있다. 오래전, 친구 집에 놀러 갔다가 솟대에 마음이 끌려 하나둘 만들어보기 시작했다. 그렇게 만든 솟대를 이웃에게 선물했더니 하나같이 사람들의 얼굴에 웃음꽃이 피어났다. 그때부터 솟대를 받는 이에게 항상 웃는 일이 가득하길 바라는 마음을 담아 표식처럼 꽃을 새겨 넣었다.

"제 이름이 상(相) 소(笑)예요. 호호호."

딸 둘을 낳고 아들을 갖기 위해 7년 동안 공들인 부모님은 이번에 태어날 아이는 아들임을 의심치 않으셨다고 한다. 그런데 낳고 보니 딸이라 웃음밖에 나오지 않아 아버지가 이름을 상소로 지어주셨다며 한바탕 웃는다. 어릴 적 학교에 다닐 때에도 이름이 특이해서 선생님들이 발표나 읽기를 자꾸 시키셨고 그래서 불평하면 "넌 상소만 올리냐?"며 놀렸단다.

돌이켜보면 그 이름 덕에 늘 웃으며 지내왔고, 안양시 웃음치료사 1호가 되어 어르신들과 신나게 웃음체조도 진행할 수 있었다.


"소원을 빌면 애들이 듣고 하늘에 알려줘요."

무심한 나뭇가지가 그녀의 손을 거쳐 새 모양이 되고 꽃무늬로 단장되니 솟대에서 온기가 전해지는 듯하다.

예로부터 솟대는 사람들의 소원을 하늘에 전해주는 희망의 안테나였다. 솟대 하나를 가슴에 품고 빌어본다.

'사람들 모두가 웃음꽃 가득한 세상이 되기를….'

# 해바라기처럼 살고 싶어요

취준생들은 소망한다.

서로 기대어 자라는 해바라기들처럼

함께 웃을 수 있기를….

수천 수만 그루의 노란 해가 파도처럼 일렁인다.

7월의 뜨거운 태양 아래 황금빛 바다가 펼쳐졌다. 경쟁적으로 키 재기를 하는 어른 해바라기들 틈새로 어린 해바라기가 기지개를 켜고 있다. 잎들이 어깨동무하며 같은 곳을 바라보는 모습이 무질서한 듯 조화롭다.

수많은 해바라기 틈 사이로 웃음꽃이 피었다. 동갑내기 함혜민(26) 씨와 김은영 씨가 밝게 웃으며 사진을 찍고 있다.

"우리도 이 해바라기들처럼 진짜 웃고 싶어요."

농담처럼 말하는 은영 씨의 말에 뼈가 있다.

대학교 과동기인 두 사람은 지난 2월 학교를 졸업하고 취업 준비를 하고 있는 이른바 취준생들이다. 그동안 네 차례 면접을 봤지만 원하는 결과를 얻지 못했다. 코로나 확산으로 채용공고도 줄고 면접 볼 기회조차 좀처럼 오지 않는다며 사진 찍을 때의 밝은 표정은 오간 데가 없다. 바늘구멍이던 취업문마저 막혀버린 느낌이라며 어깨를 늘어뜨린다.

"은영아, 내 옆에 있어줘서 너무 고마워. 우리 둘 다 좋은 데 취직해서 소고기 먹으러 가자."

혜민 씨의 말에 분위기가 다시 밝아졌다. 힘이 난 은영 씨도 친구의 어깨를 다독이며 한마디 한다.

"혜민아, 시기가 시기인 만큼 힘들지만 원하는 곳에 갈 거라고 생각해. 힘내자."

서로를 부축이며 자라는 해바라기처럼 함께하는 친구가 있어 힘이 난다는 두 사람의 모습이 싱그럽다. 청춘의 치열함과 삶의 고단함도 이 순간만큼은 자유다.

수만 송이의 노란 해가 두 청춘을 바라보며 웃고 있다. 그리고 속삭인다. '고개를 들고 가슴을 쫙 펴'라고.◖

# 창공에서 보내는 힘찬 응원

함께해서

견딜 수 있었어요.

하나, 둘, 셋~.

줄을 꼭 잡고 바람보다 더 빨리 내달렸다. 이내 두 발이 허공에서 버둥거리더니 푸른 물결이 발아래 펼쳐진다. 부드러운 바람이 잔뜩 긴장한 얼굴을 어루만져준다.

마침내 새처럼 날고 싶다는 꿈이 이루어졌다. 문경새재가 한눈에 보이는 공중을 훨훨 날고 있는 것이다.

아찔했던 정신이 돌아오면서 산과 들이 일시에 들어온다. 백두대간의 줄기인 조령산, 백화산, 월악산 등이 병풍처럼 펼쳐져 있다. 저 멀리 한발 앞서 비행한 이철호(50) 씨의 모습도 보인다. 처음 하늘을 날아본다는 그도 나와 같은 심정이리라. 비행을 위해 활공장으로 올라오면서 많은 대화를 나눈 터였다.

"세상이 이래 바뀌는구나 싶었지요."

대구에서 삶의 기반을 잡은 이 씨는 그동안 겪었던 일들을 담담히 들려주었다.

2020년 코로나19 초기의 대구는 그야말로 암흑이었다. 친구는 물론 가족조차도 제대로 만날 수 없었다. 출장을 가려 해도 대구 사람은 아예 만나주지 않으려고 했다.

"우리 직원들이 함께해서 견딜 수 있었어요."

경북 상주에서 동물약품 관련 사업체를 운영하는 이 씨는 자신이 출근하지 못하는 동안 회사를 지키며 묵묵히 일해준 직원들 덕에 어려움을 이길 수 있었다. 고마움을 표하고 사기 진작을 위해 직원들과 함께 패러글라이딩을 하러 온 것이다.


산허리를 돌아 착륙 지점으로 하강을 시작하자 맑은 솔잎 향이 지상에서 훅 올라온다. 떠듬떠듬 보이는 집들과 가로수 길을 달리는 버스가 정겹다. 하늘 아래 풍경은 저렇듯 평화로운데 사람들은 보이지 않는 바이러스와 하루하루 힘겨운 싸움을 하며 한 번도 경험해보지 못한 길을 가고 있다.

문득 몸속 깊은 곳에서 뜨거운 기운이 올라와 가슴이 뭉클해졌다. 나도 모르게 두 팔을 높이 들며 함성이 절로 터져나왔다.

"대한민국, 힘내라!"❨

# 세상의 천사들

세상은 나아간다.

'살얼음판'을 걷는 '천사'들이 있기에

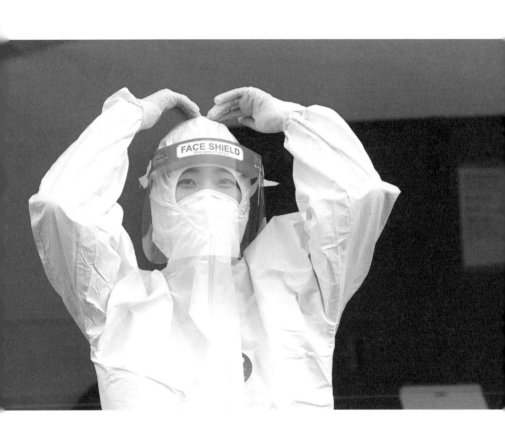

안녕하세요!

이 편지는 응원 편지에요!

저의 몇글자가 당신의 미소가 될 수 있길 바래요.

무얼 하든, 당신이 계신 그 자리를 존경해요
무엇이든, 당신의 존재 자체를 응원해요.

제가 당신의 이웃이 될 수도
당신이 제 이웃이 될 수도

그렇게 살아가는 둥근 지구에서
당신의 평안을 바라며

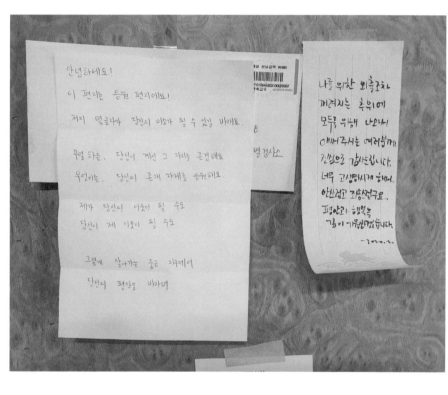

나를 위한 외출로하
꺼려지는 추위에
모두들 위해 나오나니
애써 주시는 여러분께
진심으로 감사드립니다.
너무 고생하시게 해서
안쓰럽고 고맙던군요.
평안하고 행복을
깊이 기원하겠습니다.

- 2020. 2.

북극발 최강 한파가 물러갔지만 한기는 여전하다.

나란히 늘어선 하얀 천막 앞으로 잔뜩 웅크린 사람들이 하나둘 모여든다. 접수를 하고 체온을 잰 다음 마지막 천막 앞에서 차례를 기다리는 사람들의 얼굴에 긴장감이 역력하다.

방호복을 입은 의료진 앞에서 검체 채취를 마친 사람들이 혹시나 하는 우려 때문인지 무거운 표정으로 돌아간다. 코로나19 방역의 최전선인 서울시 마포구의 서강대 앞 임시선별검사소의 풍경이다.

"하루하루 살얼음판을 걷는 것 같아요."

잠시 휴식을 위해 천막 밖으로 나오는 한진희(25) 간호사를 만났다. 레벨D 방호복에 마스크를 쓰고 페이스 실드로 무장했다. 진희 씨는 작년 2월에 대학을 졸업한 사회 초년생으로 병원 웨이팅(waiting)을 하던 중 9월부터 코로나 방역의 최전선에 투입되었다. 경험도 없이 처음 근무지로 방역의 최전선에 서는 일은 무섭고 긴장될 수밖에 없었다. 혹여 실수하지 않을까, 감염되지 않을까 하는 걱정에 잠을 설치기도 했다.

어느 때가 제일 힘들었는지를 물었다. 여러 개의 핫팩으로 몸을 녹여가며 견뎌야 했던 추위도 힘들었지만 아프게 찔렀다며 내뱉는 욕을 들었을 때가 떠오른다고 했다. 정확한 검사를 위해서는 한 번에 깊이 찔러야 하는데, 욕이 되어 돌아올 때면 '내가 지금 뭘 하고 있나' 하는 생각에 맥이 풀리고 속상했다.

그래도 함께 고생하며 서로 위로해주는 동료들이 있어 마음을 추스르고 힘을 냈다. 시민들이 보내준 핫팩과 컵라면이 쌓여가고 응원을 담은 격려 편지를 받을 때마다 '세상은 참 따뜻하구나' 하는 생각에 마음이 뭉클한 적도 많았다.

"힘들지만 그래도 뿌듯해요."

중학교 때부터 백의천사를 꿈꾸었던 진희 씨는 처음 현장에 투입되었을 때 많은 분들이 함께하고 있다는 사실에 많이 놀랐다. 의료진은 물론 군인, 공무원, 보이지 않는 곳에서 방역하고 청소하는 분, 그리고 자원봉사자들까지 각자 자신의 역할을 묵묵히 수행하고 있었다. 이렇게 모두가 힘을 합쳐 우리 사회의 안전을 지키고 있다는 사실이 든든했고, 자신도 그 대열에 함께한다는 게 자랑스러웠다.

짧은 휴식을 마친 진희 씨가 다시 일을 하기 위해 방호복을 고쳐 입는다. 코로나가 종식되면 이곳에서 치열하게 쌓은 경험을 바탕으로 중환자실에서 환자들을 좀 더 세심하게 돌보고 싶다고 말하는 그녀의 마음이 천사 같다.

밤하늘에 반짝이는 별들만큼이나 많은 천사가 있기에 우리의 삶이 계속 이어지고 앞으로 나아갈 수 있는 게 아닐까? 상황실 게시판에 꽂아놓은 한 시민이 보낸 편지가 선별진료소의 한기를 따뜻하게 녹여준다.

"너무 고생하시게 해서 안쓰럽고 죄송합니다. 평안과 행복을 깊이 기원하겠습니다." (

# 마음을 잇는 손길

나무에 옷을 입히니

마을에 활력이 솟고

사람들 마음이 이어졌다.

아름드리나무들이 형형색색의 뜨개옷을 입고 있다.

모양도 무늬도 각양각색이다. 초록 바탕의 뜨개물 위에서 별들이 반짝이고 아기 곰과 산타가 동심의 나래를 펼친다. 연꽃 모양을 수십 장 이어붙인 옷도 있다.

찬바람이 부는 거리에 낙엽이 뒹구는 쓸쓸한 계절이지만, 가로수들이 알록달록 옷을 입은 인천의 새말초등학교 앞 도로는 나무들의 축제가 벌어진 듯하다.

"손뜨개는 사람들의 마음을 따뜻하게 해주는 매력이 있어요."

교문을 빠져나온 아이들이 하나둘 집으로 돌아가는 길에서 정경훈(45) 씨가 나무의 뜨개옷을 매만지고 있다.

낡고 오래된 마을에 활력을 불어넣을 무언가를 찾아 고민하던 정 씨는 평소 취미로 하던 뜨개질로 나무에 옷을 입히는 '트리니팅(tree knitting)'을 기획했다. 둘째 아이가 다니는 초등학교에서 학부모들을 모아 뜨개질을 가르치며 작년부터 나무에 옷을 입히기 시작했다.

"뜨개질로 서로의 마음을 이어가요."

학부모들이 정성을 다해 뜨개질한 조각들을 맞대어 한 벌의 옷이 완성되면 함께 들고 나가 나무에 입혀주었다. 이어 붙인 손뜨개처럼 사람들은 서로 떨어져 있어도 마음은 함께 연결될 수 있었다. 지나가던 동네 어르신들이 나무가 입은 옷들이 예쁘다고 자기 옷도 떠달라는 부탁까지 받았다며 정 씨가 활짝 웃는다.

아름드리 느티나무가 입고 있는 연꽃 모양의 옷을 만져보니 한 코 한 코 정성껏 뜨개질한 사람의 온기가 느껴진다. 누군가가 뜨개옷 틈에 장미 한 송이를 꽂아놓았다. 이렇게 작은 정성들이 모이고 연결되어 나무가 따뜻해지고 그것을 보는 사람들의 마음도 훈훈해졌나 보다.

찬바람이 낙엽을 쓰는 거리에서 한 송이 꽃을 품은 늙은 느티나무가 행복한 미소를 짓는다.

167

# 연탄이 되어버린 사람들

연탄재 함부로 발로 차지 마라

너는 누구에게 한 번이라도 뜨거운 사람이었느냐

-안도현, '너에게 묻는다' 중에서

이마에 송골송골 땀이 맺힌다. 숨이 턱밑까지 차올랐다.

마스크에 비옷까지 입은 사람들이 나무지게에 연탄을 짊어지고 골목길을 오르고 있다. 나이도 직업도 제각각이지만 온기를 나누기 위해 연탄배달 자원봉사자들이 인천 문학산 자락에 위치한 산동네에 모였다.


"연탄이 예쁘게 생겼어요."

태어나 '실물 연탄'을 처음 본다는 인채원(26) 씨가 동갑내기 단짝 안경원 씨의 얼굴에 묻은 검댕이를 보며 웃음을 터뜨린다. 학교에 다닐 때 단짝이었던 두 사람은 입사한 지 한 달 정도 된 신입사원으로 사회에 첫발을 내디디며 무언가 의미 있는 일을 하고 싶었단다. 연탄이 생각보다 무거워 처음에는 2장씩 옮겼는데 몇 번 해보니 3장도 거뜬하다.

경원 씨는 연탄 배달을 하는 내내 아직도 연탄을 쓰고 계시는 외할머니 생각을 했다. 조만간 외할머니를 꼭 찾아뵈어야겠다며 다시 언덕을 오른다.

"그냥 좋아서 나왔어요."

지게 가득 연탄을 싣고 비좁은 계단을 힘겹게 올라가던 임규택 (58) 씨가 연탄을 내려놓고 잠시 숨을 고른다. 땀이 줄줄 흐르고 숨도 가쁘지만 아이처럼 해맑은 표정이다.

대부분의 베이비부머 세대가 그랬듯이 임 씨도 겨울철이면 매캐한 연탄가스 냄새를 맡으며 자랐다. 연탄이 모자라면 이웃끼리 서로 나누면서 어려운 시절을 견뎌냈다. TV뉴스에서 저소득층의 겨울나기를 돕는 연탄모금과 자원봉사가 줄었다는 소식을 접하고 가만히 있을 수가 없었단다. 자신도 살아오는 동안 누군가의 도움으로 어려움을 이겨낼 수 있었다며 힘닿는 데까지 봉사활동을 하고 싶다면서 턱까지 흘러내린 땀을 닦는다.


산동네의 짧은 해가 뜀박질하듯 넘어가고 연탄배달을 마친 봉사자들이 하나둘 모여 비닐옷을 벗는다. 땀으로 흥건해진 그들의 몸에서 하얀 김이 모락모락 피어오른다. 따뜻한 커피로 담소를 나누는 그들의 모습 속에 자신의 몸을 불태워 겨울을 따뜻하게 만드는 연탄이 겹쳐진다.

달동네 입구를 나서며 나는 그동안 온기가 필요한 누군가에게 몇 번이나 연탄이 되었는지 되돌아보았다. 찬바람이 불어오는데도 얼굴이 자꾸 화끈거렸다. (

# 세상을 환히 밝히는
# 민들레처럼

잠이 들자 나는 인생은 행복한 것이라고 꿈꾸었다.

깨어나자 나는 인생이 봉사라는 것을 알았다.

나는 봉사했고 봉사하는 삶 속에

행복이 있음을 알게 되었다.

-타고르, 인도 시인

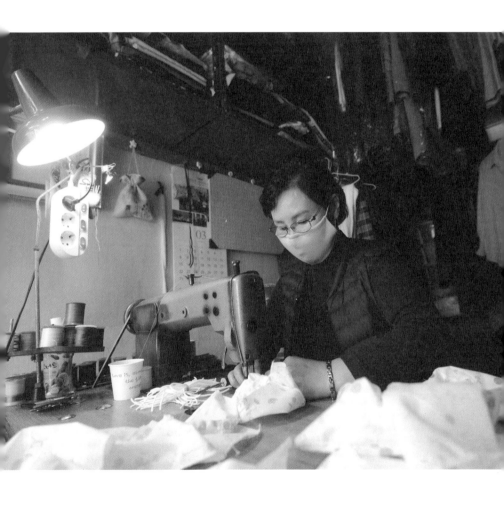

드르륵, 드르륵.

어른 키보다 작은 문을 열고 들어가니 재봉틀 박음질 소리가 요
란하다. 선반에 수북이 쌓인 천조각들이 빠른 손놀림에 낡은 재
봉틀 속으로 빨려 들어간다.

"마스크를 구하려고 몇 시간씩 줄을 서 있는 모습이 마음 아팠
어요."

22년째 인천 강화군의 인천강화경찰서 옆에서 양장점을 운영
하고 있는 이애자(59) 씨는 자신이 잘할 수 있는 일로 도움을 줄
수 있다는 생각에 마스크를 만들어보았다. 식구들에게 먼저 주고
양장점을 찾는 손님들에게도 나누어주니 반응이 아주 좋았다. 그
때 마침 마스크 제작 자원봉사를 모집한다는 소식을 듣고 마스크
를 본격적으로 만들기 시작했다. 강화군 자원봉사센터에서 재료
와 샘플을 갖다주면 한 땀 한 땀 마스크를 만들어 필요한 이웃들
에게 전해준다.

16만 1803명. 코로나19 첫 확진자가 나온 2020년 1월 20일부터 3월 17일까지 행안부가 집계한 자원봉사자 숫자다. 외환위기 때 전 국민이 보여준 자발적 금 모으기와 충남 태안의 기름유출 사고 때 끝없이 이어진 자원봉사 행렬로 대한민국은 세계를 놀라게 했다. 그리고 다시 코로나19의 팬데믹 상황에서 자원봉사자들이 다양한 방식으로 활동을 전개하고 있다. 어려운 상황에서도 남들을 위해 땀방울을 흘리는 이들의 노력이 한줄기 빛으로 삶의 희망을 전해준다.

"남을 돕는다고 생각하니 기분이 좋아지고 잠도 잘 오네요."

나빠진 경기에 걱정이 많아 자주 잠을 설쳤는데 자원봉사를 하면서 마음이 편해졌다는 이 씨가 행복한 미소를 지었다. 그 모습에 이곳 양장점을 찾다가 보도블록 사이에 핀 노란 민들레가 생각났다.

척박한 환경에서도 피어올라 세상을 밝게 하는 민들레처럼 어려운 상황에서도 남을 위해 봉사하는 그들이 있어 세상은 아름다움을 잃지 않는다.(

# 만나면 꼭 안아줄 거예요

What are you doing?

처음 보는 낯선 풍경이다. 평소 같으면 아이들이 떠드는 소리로 가득했을 교실이 텅 비어 허전하다.

나란히 놓인 책상들이 기약 없이 학생들을 기다리고, 창문 밖에서 기웃거리던 개나리와 벚꽃도 심드렁해서는 햇볕 가림막에 꼭꼭 숨어버렸다. 컴퓨터 모니터를 바라보며 수업 중인 선생님만 홀로 분주하다. 코로나19가 만든 새학기 교실 풍경이다.


"Hi, what are you doing?"

선생님이 학생들 출석을 부르고 손을 흔들며 인사를 하자 채팅창에 학생들의 다양한 반응이 올라온다.

"선생님, 어떻게 하죠? 전 하나도 못 알아듣겠어요."

한 학생의 메시지에 선생님이 서둘러 답장을 보낸다.

"괜찮아, 너무 걱정하지 마. 선생님이 도와줄게."

경기 의정부시 경민여자중학교에서 1학년 영어를 가르치는 김혜연 선생님이 연달아 채팅창에 뜨는 학생들의 메시지에 답변하며 진땀을 흘리고 있다. 이 학교에 부임한 지 11년이 되었지만 난생처음 해보는 수업 방식에 긴장을 놓을 수 없다. 누구에게는 너무 쉬운 강의가 누구에게는 부담이 될 텐데 얼굴을 마주하지 않으니 확인할 방법이 없다며 안타까워한다.

"아이들을 만나면 한 명씩 이름을 부르며 꼭 안아줄 거예요."

아이들이 많이 힘들 텐데 잘 견뎌주고 있다며 교무실로 돌아가는 선생님의 눈시울이 살짝 붉어졌다. 교정의 화려한 꽃들도 아이들이 없으니 아름다운지 모르겠다며 하루빨리 아이들을 마주하고 싶다는 선생님의 뒷모습이 쓸쓸해 보인다.


서로 마주하고 떠들며 웃던 그간의 일상은 얼마나 소중했던가. 어쩔 수 없는 이유로 멈춰버린 소소한 일상이 매일 매 순간 그리움으로 다가온다.❨

"우리 똘이도 찍어주세요!"
신안군 앞바다의 조그만 섬마을,
전교생이 3명인 이곳에서는
강아지도 어엿한 학생이다.

팔랑거리는 나비도
지나가다 들르는 바람도, 파도 소리도
교실에 들어오면 모두가 학생이다.

5막

사는 게 뭐냐면
그냥 웃지요

# '남대문 콩글리시'는 내가 최고

유머는 힘이 세다.

힘겨운 상황에서도

자신의 당당함을 지켜준다.

거리는 한산하고 식당도 시장도 인적이 드물다. 생존의 위험 속에 사람들은 움츠러들었고 생계의 위협 속에 누군가는 거리로 나서야 했다. 600년 전통의 서울 남대문시장도 활기를 잃고 깊은 적막 속에 빠져들었다.

"하늘이 너무 무심해…."

올해처럼 장사가 안 된 것은 평생 처음이라며 리어카에서 과일주스를 팔고 있는 주재만(75) 씨가 한숨을 쉰다. 무더위가 기승인데도 하루 종일 넉 잔밖에 못 팔았다며 신문지를 말아 남의 속도 모르고 들이덤비는 파리를 쫓고 있다.

찾는 사람이 없는 줄 알면서도 본전이나마 해볼까 나왔다는 주씨는 야채그릇과 핫바, 과일주스 등 업종을 바꿔가며 50년째 남대문시장에서 노점을 해왔다. 한때는 큰 길에 머리만 동동 떠다닐 정도로 사람들이 많은 시장이었다.

어쩌다 몸이 아파 안 나오는 날이면 안부를 묻고 걱정해주는 동료 상인들이 늘 있었다. 이제는 안부는커녕 안 보이는 사람들이 더 많아졌다. 코로나 탓이다.

"사람들이 참 착해. 나오지 말란다고 이렇게 안 나올 수 있나…."

자신은 아직 마수걸이도 못했다며 옆의 옷가게 아주머니가 한숨을 쉬며 말한다.

이들의 애기를 듣고 있는데 한 외국인이 노점 앞으로 다가온다.

"Where are you come from?(어느 나라에서 왔어요?)"

갑자기 주 씨의 입에서 영어가 유창하게 튀어나온다. 하지만 외국인은 그냥 지나치고 주 씨는 아쉬운 듯 다시 신문지를 돌돌 말아 파리들에게 화풀이를 한다. 영어를 참 잘하신다는 말에 못 배워서 그렇지 이 근처에서 길거리 생존 영어인 '남대문 콩글리시'는 자신이 제일이라며 씩 웃는다. 주 씨의 얼굴에 모처럼 웃음꽃이 피었다.


유머는 힘이 세다. 어떤 힘겨운 상황에서도 유머는 자신의 당당함을 지켜낸다. 잠깐이지만 농담 한마디에 웃음을 선사할 줄아는 멋진 카우보이모자 아저씨 덕분에 착잡했던 내 마음도 한결 가벼워졌다. 무지갯빛 파라솔 위로 솜사탕 같은 구름이 뭉게뭉게 피어올랐다. ♬

# 푸른 눈의 신사가 연주하는
# '작은 위로'

내 영혼이 힘들고 지칠 때

괴로움이 밀려와 내 마음을 무겁게 할 때

나는 여기에서 고요히 당신을 기다립니다

당신이 내 옆에 와 앉으실 때까지

-브라이언 케네디, 'You Raise Me up
(당신이 나를 일으켜주시기에)' 중에서

끼기기깅~.

 힘겹게 산을 오른 선율이 계곡물 흐르듯 가슴속에 스며든다. 검은 코트를 입은 푸른 눈의 신사가 바이올린을 켜고 있다. 사시사철 사람들과 외국 관광객들로 북적이던 인사동 한복판 문화의 거리에 왔다.

 그를 처음 본 건 겨울이 끝나갈 무렵이었다. 이름은 샤샤. 우크라이나에서 왔다고 했다. 서로 영어가 서툴러 간단히 몇 가지만 묻고 눈인사를 나누며 헤어졌지만 수줍게 미소 짓던 그의 맑은 눈빛은 오랫동안 기억에 남았다.

 3개월 만에 찾은 인사동에서 샤샤를 다시 만나니 반가움이 발걸음을 재촉한다. 그는 두툼했던 코트가 얇게 바뀐 것 외에는 처음 본 모습 그대로다. 반가운 마음 한편으로 혹시 형편이 어려워 고국에 가지 못했나 하는 생각도 들었지만, 그의 부드러운 바이올린 선율은 여전히 내 마음을 어루만진다.

 곡이 끝나갈 무렵 한 중년의 신사가 맞은편에서 그의 연주를 귀

기울여 듣고 있는 모습이 눈에 들어왔다. 눈을 지그시 감고 감상하더니 연주가 끝나자마자 바이올린 케이스에 돈을 넣고는 머리 숙여 정중히 인사한다. 연주자의 얼굴에도 잔잔한 미소가 돈다.

"음악은 잘 모르지만 저분의 연주를 듣고 있으면 마음이 편안해져요."

주말마다 인사동을 찾는다는 김창우(61) 씨는 샤샤의 연주를 즐겨 듣는다고 했다. 어떤 연유로 이곳에서 연주를 하게 되었는지 잘 모르지만 명상을 하듯 물처럼 흐르는 그의 연주가 큰 위로를 주기 때문이다.


바이올린에서 '아베마리아(Ave Maria)'에 이어 '유 레이즈 미 업 (You Raise Me up, 당신이 나를 일으켜주시기에)'이 흘러나온다.

'내 영혼이 힘들고 지칠 때 (…) 나는 여기에서 고요히 당신을 기다립니다.'

바이올린 선율에 실려 떠오르는 가사가 길을 가는 나의 어깨를 따스히 어루만진다. ♬

# 쇠파이프들이 만든
# 작은 우주

동그라미, 네모, 세모의 쇠파이프들이

온종일 수고한 장갑을 토닥인다.

탕탕탕, 지잉~칙.

용접 불꽃이 사방으로 춤을 춘다. 코끼리만 한 프레스 기계가 굵은 쇠판을 무 자르듯 자른다. 녹슨 쇳가루들이 바람에 날리고 골목마다 쇠 타는 냄새가 진동한다. 옆 골목에선 젊은 예술가들이 쇳조각을 이어붙이며 작업에 열중하고 있다. 철공소와 예술 공간이 공존하는 서울 영등포구 문래동의 모습이다.

지게차들이 분주히 물건을 싣고 내리는 가운데 판매를 위해 쌓아놓은 쇠파이프가 눈길을 끈다. 큰 파이프 안에 들어 있는 작은 네모, 세모, 동그라미 모양의 파이프들이 빼곡하니 기하학적 무늬를 이룬다. 가만히 보니 줄자, 래커, 계산기, 볼펜 등 온갖 작업 도구들이 구멍 안에 촘촘히 들어앉았다. 그들이 어우러져 만드는 질서와 패턴이 마치 작은 우주를 보는 것 같다.

"미적 감각이 탁월하시네요."

파이프를 정리하고 있는 정관중(75) 씨에게 인사를 건네자 사다리에서 내려오며 대수롭지 않다는 듯 한마디 툭 던진다.

"미적 감각? 그런 거 몰라. 하나둘 쌓다 보니 저리 되었지 뭐."

손님은 없고 사진을 찍어대는 사람들만 있다며 깊은 한숨을 내쉰다.

"오늘은 개시도 못했어. 40년 넘게 쇳물을 먹었지만 이렇게 어려운 건 첨이야."

정 씨의 말을 듣고 보니 옆집 가게와 그 옆집도 문이 닫혀 있다. 위로의 말을 해주고 싶은데 '힘내세요!'라는 상투적인 말밖에 나오지 않는다.

"장사 안 된다고 찌푸리고 있으면 뭐 나아지나? 그저 웃어야지…."

호탕하게 웃으며 끼고 있던 장갑을 벗어 파이프에 끼워놓고 가게로 들어간다. 철공소에서 40년 넘게 잔뼈가 굵은 그의 뒷모습이 쇠보다 무겁게 느껴진다.


정 씨의 손을 대신하던 기름때 묻은 장갑이 둥그런 파이프 위에 자리 잡았다. 동그라미, 네모, 세모의 쇠파이프들이 일제히 하루 종일 수고한 장갑을 토닥여주는 것 같다.

노동과 예술이 공존하는 삶의 현장에서 들려오는 온갖 철들의 소리가 격려의 박수처럼 쏟아진다. ♬

# '뻥' 터진 웃음꽃

뻥튀기 기계는

신이 나서 돌고

'뻥이요~' 소리에

장터는 숨을 죽인다.

"뻥이요~."

시장의 한 모퉁이에서 들려오는 걸쭉한 외침 소리에 시끌벅적하던 장터가 일순간 숨을 죽인다. 아주머니가 손으로 귀를 틀어막으면 펑 하는 대포 소리와 함께 흰 연기가 피어오르고 오색 파라솔이 출렁인다. 취나물, 고사리 등을 가지고 나온 아낙들과 이것저것 구경하는 사람들로 모처럼 장터에 생기가 돈다. 경기 양평의 5일장 풍경이다.

"이영애가 여기 단골이여."

구수한 향기가 퍼지는 가운데 뻥튀기 장수의 자랑이 이어진다.

"문주란도 자주 오는데 우리 강냉이를 아주 좋아해."

그냥 웃자고 하는 '뻥'인 줄 알았는데 주변 사람들이 거든다. 왕년의 스타들이 양수리 근처에 많이 살고 있어 이곳 5일장을 자주 찾는다고 한다.

"오랜만에 사람 사는 것 같네."

20년 넘게 장터에서 강냉이를 튀기고 있다는 이병철(67) 씨는 젊은 시절 가난이 싫어 무작정 춘천으로 올라왔다. 그때 처음 본 기차에 대한 충격과 설렘을 지금도 잊을 수 없다. 꿈이었던 기관사는 못 되었어도 달리는 쇳덩어리의 매력에 끌려 무쇠를 달궈 사람들에게 추억을 선물한다며 호탕하게 웃는다.

장이 끝나갈 무렵 서울에서 왔다는 부부가 미리 주문한 강냉이 열네 봉지를 건네받으며 반갑게 인사를 나눈다. 옛 추억도 떠올릴 겸 그동안 바삐 사느라 소원해진 이웃들과 나눠 먹으려고 한단다.

오랜만에 제 역할을 하는 뻥튀기 기계는 연이어 신이 나서 돌고, "뻥이요~" 소리도 더욱 우렁차게 장터에 퍼져나간다.

간만에 되찾은 시장의 복작한 소리가 그 어느 때보다도 구수하고 정겹기만 하다. ♩

# 그래도 살아야지예

위험하게 살아라.

베수비오 화산의 비탈에 너의 도시를 세워라.

-니체, 독일 철학자

가을 들녘에 농민의 시름이 깊다.

그 어느 해보다 길었던 장마와 연이은 태풍에 멍든 농민의 마음을 아는지 모르는지 하늘은 맑고 푸르기만 하다. 두 차례 태풍이 지나고 나서 사과 농사를 짓는 한 지인을 찾아 경북 영주의 안남 마을로 가는 중이다.

마을 들머리에 들어서 보니 예전과 확연히 다른 모습이다. 늘 아름답던 가을 풍광을 찾아볼 수 없다. 매년 이맘때면 마을 입구부터 사과나무들이 크리스마스트리처럼 붉은 열매를 달고 한바탕 가을 축제를 벌이는 곳이다.


"하늘이 우리를 버린 기라예~."

25년째 사과 농사를 짓고 있는 노홍석(55) 씨가 낙과를 바구니에 담고 있다. 나무에 달려 있어야 할 붉은 사과들이 아래의 땅에서 뒹굴고 있다. 가지에 듬성듬성 달려 있는 사과들도 생기가 없다. 올해처럼 힘든 경우는 처음이라며 사과를 주워 담는 노 씨의 얼굴에 근심이 가득하다. 하필이면 크고 좋은 것들이 다 떨어져서 더 속상하다.

소백산이 큰 바람을 막아주고 맑은 날이 많아서 이곳 사과는 웬만한 태풍에도 끄떡없고 당도가 뛰어나기로 유명하다.

태풍보다 비가 더 문제였다. 50일가량 이어진 비로 일조량이 부족하다 보니 잎이 시들어 떨어졌다. 게다가 최저임금이 올라가면서 인력난까지 심해졌다. 전에는 이 마을에서 외국인 23명이 일을 도왔는데 지금은 2명이 전부란다. 그래도 자신은 젊은 편이어서 다시 시작할 수 있지만 주위에 보면 안타까운 분이 너무 많다.

"우얍니까, 그래도 살아야지예~."

농부는 하늘 보고 절대 욕하지 않는 법인데 올해에는 하늘에 대고 이삼백 번 욕을 한 것 같다며 겸연쩍게 웃는다. 그의 심정을 어떻게 헤아릴 수 있을까? 그저 말을 묵묵히 듣는 것 말고는 달리 위로할 방법이 없다.


"무엇이 가장 힘들었어요?" 물으니 농민들은 하늘이 아무리 원망스러워도 막걸리 한잔하면 풀어진다며 환하게 웃는다. 순간, 헤밍웨이의 소설 《노인과 바다》에서 '인간은 파괴될지언정 패배하지 않는다'며 물고기와 사투를 벌인 노인이 떠올랐다.

내년 봄, 그는 다시 정성스레 사과나무를 돌볼 것이다. 그를 위로하려는지 무심한 하늘에서 구름들이 두둥실 춤을 추며 가을 잔치를 벌이고 있었다. ♬

# 1을 넣으면 10이 나와요

땅은

어머니 품속과도 같다.

어깨를 맞댄 구릉들이 어머니 품처럼 부드럽다. 장마와 태풍 속에서 알곡을 품어낸 밭들이다.

'콩밭 매는 아낙네야'(주병선, '칠갑산')라는 콧노래가 절로 날 것 같은 드넓은 밭에 아낙 대신 건장한 청년이 이곳저곳을 살피고 있다. 콩과 보리로 '농촌의 희망'을 일구는 전북 고창의 청년 농부 한선웅(37) 씨다.

한 손에 낫을 든 채 잘 여문 콩을 들어 보이며 활짝 웃는 그의 얼굴에 생기가 흘러넘친다. 젊다는 것 하나만 믿고 농사일에 뛰어들었다는 한 씨는 대학에서 조경을 전공한 후 개성공단에서 운영 관리를 맡았었다. 정권이 바뀌어 전격적으로 개성공단이 폐쇄되면서 다른 일을 찾아야 했고, 오랜 고심 끝에 전주에서 아무런 연고가 없는 고창으로 3년 전 귀농했다.

"마을 사람들을 보면 무조건 뛰어가 인사를 했어요."

덕분에 이장님을 비롯한 마을분들이 자신의 일처럼 도와주고 안 쓰는 자투리땅도 내주었다. 어릴 적부터 콩요리를 좋아했다는 한 씨는 수입 증가로 위기를 맞고 있는 국산 콩을 부흥시키겠다는 꿈에 젊음의 패기로 도전했다.

첫해에는 보리 베고 콩 모종을 하니 새들이 온통 콩밭으로 몰려 드는 바람에 새싹을 지키기가 힘들었다. 김매기를 조금만 게을리 하면 어느새 풀밭이 되기 일쑤였다.

첫해의 쓰라린 경험을 교훈 삼아 파종 시기를 앞당기고 드론으 로 방제를 시행하며 콩의 습성을 다방면으로 연구하여 이제는 노 력한 만큼의 수확을 기대하고 있다.


"재밌잖아요. 1을 넣으면 10이 되어 나와요."

농사짓는 게 힘들지 않으냐는 질문에 그는 일말의 망설임도 없 이 말했다. 도전하면 반드시 얻을 수 있고 실패해도 어머니 품속 같은 이곳은 다시 길을 열어준다며 활짝 웃는 모습이 세상 걱정 모르는 개구쟁이 같다.

젊은 농부에게서 희망의 에너지가 전달되었는지 내 마음도 한 껏 고무된 느낌이다. 밭두렁의 쑥부쟁이들도 고개를 끄덕여 인사 를 건넨다. ♬

# 희망을 전하는
## '꽃들의 합창'

마음이 울적할 땐

꽃을 보라.

삶의 에너지가 바닥난 것 같은 느낌이 들면 회사에서 가까운 남대문시장을 종종 찾는다.

북적거리는 사람들 틈에서 이곳저곳 기웃거리다 보면 어느덧 의욕이 조금씩 생겨난다. 특히 시장 한가운데 있는 꽃상가는 늘 그윽한 향기로 나를 반겨준다. 이곳을 나설 때쯤에는 꽃 한 다발과 함께 나도 모르게 미소가 배어나오곤 한다.

"얘는 어떻게 해요?"

"걔들 참 예쁘지요."

제법 높이 쌓인 꽃들을 앞에 두고 꽃집 아주머니가 모처럼 찾아온 손님과 나누는 대화가 정겹다. 마치 어린아이들을 돌보는 듯한 사랑스러운 눈빛으로 꽃들을 바라본다. 30년 넘게 이곳에서 꽃도매를 하고 있는 최명숙(69) 씨다.

불경기에 코로나까지 덮쳐 졸업과 입학 시즌마저 어려운 상황이지만 그래도 다행히 사람들이 꾸준히 찾아오고 있다고 한다. 칠순을 바라보는 나이지만 늘 꽃들과 함께 지내서인지 화장기 없는 얼굴에 생기가 가득하다.

꽃을 신문지에 말아 묶어주는 아주머니의 손이 불편해 보인다. 오랫동안 힘주어 가위질을 하다 보니 오른손 마디마디가 굳어버렸다. 하루도 빼놓지 않고 새벽 3시에 도매시장에서 물건을 받아 일을 시작하다 보니 아이들도 제대로 돌보지 못하고 살았다. 소풍은 물론 입학식, 졸업식도 함께하지 못했던 것이 지금도 마음에 걸린다. 새벽에 나와서 늦은 저녁에 들어가면 잠들어 있는 아이들 모습에 마음이 아팠다. 그 어려움 속에서도 아이들이 잘 자라주어 너무 감사하고 고맙다고 한다.

"이 꽃들이 경찰관 몇백 명이 할 수 있는 일을 해요."
힘든 상황이지만 우울하고 화난 마음도 꽃을 통해 정화될 수 있다고 아주머니는 믿는다. 꾸준히 꽃을 사러 오는 사람들을 보면 알 수 있다. 매일 꽃을 보니 지겹지 않으냐는 질문에 지금도 어디 가서 꽃만 보면 환장(?)한다고 한다.
자신의 고단한 삶을 꽃으로 피워낸 아주머니를 보며 '이 세상 그 어떤 아름다운 꽃들도 다 흔들리면서 피었나니'라는 시 '흔들리며 피는 꽃'(도종환)이 생각났다.
아주 작은 마음에서 희망이 시작되듯 꽃 한 다발 사들고 나서는 마음에 기쁨이 인다. ♬

# 삶은 계속된다

힘겨워도 삶은 계속되고

새로운 희망이 찾아온다.

텅 빈 해변에 구름만 가득하다.

드넓은 모래사장 너머로 바다와 맞닿은 하늘에 구름이 물결친다. 할매바위 앞 외로운 등대는 하염없이 바다만 바라보고 있다.

겨울 바다에 서니 만감이 교차한다. 모든 모임은 취소되었고 연중 가장 떠들썩한 송년의 거리는 적막하기만 했다. 코로나 팬데믹이라는 공포가 찬바람과 함께 휘몰아치면서 사람들은 더 움츠러들었고 마스크 속으로 더 깊숙이 숨어들었다.

문득 바다가 보고 싶어 내 기억 속에서 일몰이 가장 아름다웠던 안면도 꽃지해수욕장을 찾았다.


"날씨도 코로나랑 같이 가는 것 같아요."

코로나가 극성이니 하늘마저 우울해하는 것 같다며 문화관광해설사 홍경자(67) 씨가 인사를 건넨다. 관광객이 많이 찾아와 가장 바쁘고 보람찰 때이지만 지금은 그런 희망을 버렸다. 사회적 거리두기가 완화되었을 때 잠시 사람들로 북적이기도 했지만, 다시 거리두기가 격상되면서 관광객들의 발길이 뚝 끊겼다. 간혹 관광버스가 들어오면 반가운 마음도 들지만 혹시나 하는 걱정도 함께 따라온다.

"그래도 인생은 걱정하는 만큼 나쁘지 않더라고요."

살면서 걱정만큼 부질없는 것이 없다면서 그녀는 자신의 삶도 한때는 걱정투성이었다고 전한다.

20년 전 남편이 저세상으로 먼저 가면서 하루하루 삶이 막막하기만 했다. 4남매를 홀로 키우며 군청에서 닥치는 대로 알바를 하다가 태안군 최초의 여자 문화관광해설사가 되었다. 늘 걱정을 많이 했는데 지난 삶을 돌아보니 하루하루 묵묵히 사는 것이 상책이었다고 한다. 어쩌면 코로나가 우리에게 삶의 쉼표를 주는 것일지 모른다며 더 많이 공부하고 준비하는 시간을 가지려 한다는 포부를 밝힌다. 지혜로운 삶이다.

다시 세찬 바람이 불어온다. 일상을 잃어버린 사람들이 힘겨운 시간을 보내고 있다. 하지만 곧 새해를 맞이할 것이다. 아무리 힘겨워도 우리의 삶은 계속되고 새로운 희망도 찾아들 것이다.

먹구름 속에서 햇살이 살짝 모습을 드러냈다. 먼 바다를 바라보던 그녀의 안경알이 반짝였다. ♬

# 100년의 미소

뭐가 그렇게 좋으세요?

그냥 다 좋아.

하루에도 몇 번씩 거울 속의 얼굴과 마주한다. 복잡다단한 일상 속에서 주름은 늘고 표정은 나날이 굳어간다. 100세 시대라는데 이대로 늙어간다면 어떤 모습일까?

은근히 걱정되던 중 오래전 TV에서 해맑게 웃으시던 할머니 한 분이 생각났다. 수소문 끝에 올해 100살을 맞으신 김순택 할머니를 만나러 인천의 옹진군 신도를 찾아갔다.

마을 이장님의 안내로 과수원 한가운데 자리한 집으로 들어서자 햇살 아래 바느질을 하시던 할머니가 반갑게 맞아주신다. 백발의 온화한 미소가 온 집 안을 환하게 밝힌다.

천천히 주방으로 발걸음을 옮기신 할머니는 이장님의 만류에도 포트에 물을 끓이고 일회용 커피를 타서 저어주신다. 주름진 손을 보니 백 번의 봄과 여름, 그리고 가을, 겨울을 보내며 모진 세월을 지냈을 삶의 무게가 느껴진다.

할머니는 1920년 개성에서 태어나셨다. 1·4후퇴 때 남쪽으로 피란해서 홀로 4남매를 키우며 억척스럽게 사셨다. 그때는 사는 게 바빠 웃을 겨를도 없었지만 지금은 무슨 일을 해도 웃을 일 천지란다.

“할머니, 귀걸이 예쁘시네요.”

“이거 손주며느리가 해준 거야. 너무 고마워.”

작년에 선물을 받았다며 해맑게 웃으시는 할머니의 얼굴을 보니 ‘미소천사’가 따로 없다. 반가워서 웃고, 커피 타며 웃고, 바느질하며 웃고, 손주 자랑에 웃고…. 세상은 온통 감사한 일뿐이라며 얼굴에 웃음이 떠나지 않는다.

“뭐가 그렇게 좋으세요?”

“그냥 다 좋아.”

누가 뭐라 하면 그냥 ‘그렇구나! 하하하’ 하고 웃어넘기신다며 또 웃으신다. 소소한 일상에 해맑게 웃으시는 할머니를 카메라에 담는 내 얼굴에도 절로 미소가 돈다. 행복해서 웃는 게 아니라 웃으니 행복하다는 의미를 알 것 같다.

할머니의 미소를 오래오래 보고 싶다. ♪

서두를 것도 없고, 급할 것도 없다.
그저 마음 가는 대로, 발길 닿는 대로 걸음을 옮긴다.

둘레길은 옆 사람과 눈높이를 맞추며 걸어가는 길이다.
더불어 살아가는 삶의 소중함을 느끼며
천천히 둘레둘레….

# 자작나무숲에서

"도대체 무엇을 말하고 싶은 거야?"

가까스로 원고를 완성해서 첫 번째 독자인 아내에게 보여주면 여지없이 죽비 같은 말 화살이 쏟아집니다. 나름 열심히 취재하고 머리를 쥐어짜서 원고를 완성했건만 돌아온 답은 늘 싸늘합니다.

다양한 사람들을 만나 살아온 이야기를 듣고 그들의 삶을 글로 풀어놓는 일은 매번 어렵습니다. 첫 문장부터 막힐 때가 많습니다. 걷고 또 걸으며 머리를 굴려봐도 제자리만 뱅뱅 돌곤 합니다.

그럴 때면 초심으로 돌아가 스스로에게 질문을 던져봅니다.

'무엇이 이 사람을 이 자리에 있게 만들었을까?' '모진 바람 앞에서 무엇이 그를 붙잡아주었을까?'

질문에 답을 구하려고 고민을 거듭하다 보면 그 사람의 모습이 서서히 보이기 시작합니다. 사람들은 저마다 다른 삶의 이력을 갖고 있지만 어떠한 상황에서도 최선을 다해서 살아가고 있음을 깨닫게 됩니다.

사람들을 만나면서 '절망이든 희망이든 우리의 삶은 묵묵히 앞으로 나아간다'는 것을 배울 수 있었고, 제게 큰 힘과 위안이 되었습니다.

취재를 마치고 강원도 인제군 원대리의 자작나무숲을 찾았습니다. 재선충으로 고사된 소나무들 자리에 어린 묘목을 심고 수십 년을 기다려 조성한 숲입니다. 가까이 다가가 나무를 안아보니 부드러운 수피에 수많은 상처가 만져집니다. 하늘을 향해 곧게 자라기 위해 스스로 가지를 떨어뜨린 흔적입니다. 절망의 순간에서도 나무의 아픔은 '세상을 보는 눈'이 되었고, 나무는 더욱 성장할 수 있었습니다. 우리네 삶도 다르지 않습니다. 때로는 절망을 안고 살아가지만 그것으로 더 단단해지고 한발 더 앞으로 나아가게 됩니다.

한껏 기지개를 켜고 긴 숨을 들이마시자 청량한 기운이 몸속 가득 스며듭니다. 자작나무숲에 햇살이 축복처럼 쏟아집니다.